一品仵作

伍

鳳今

MY FIRST CLASS
CORONER

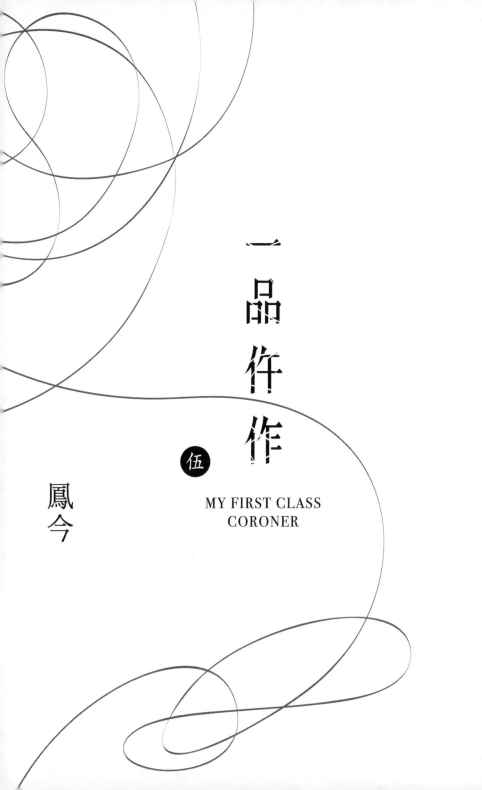

目錄

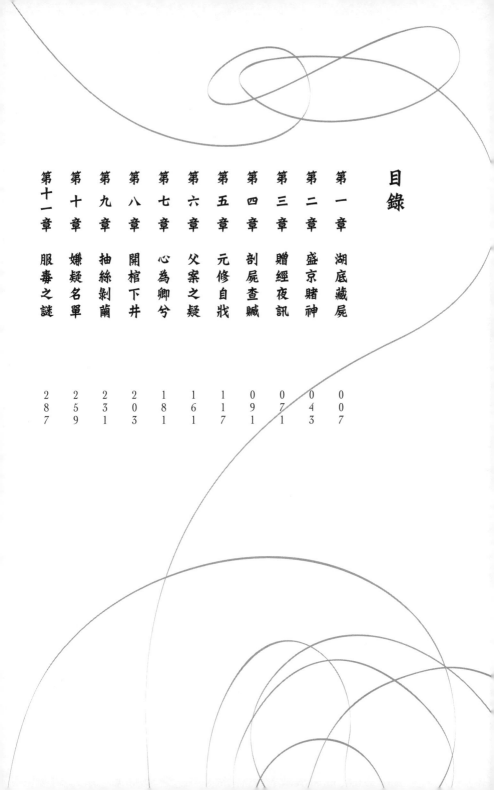

第一章

湖底藏屍

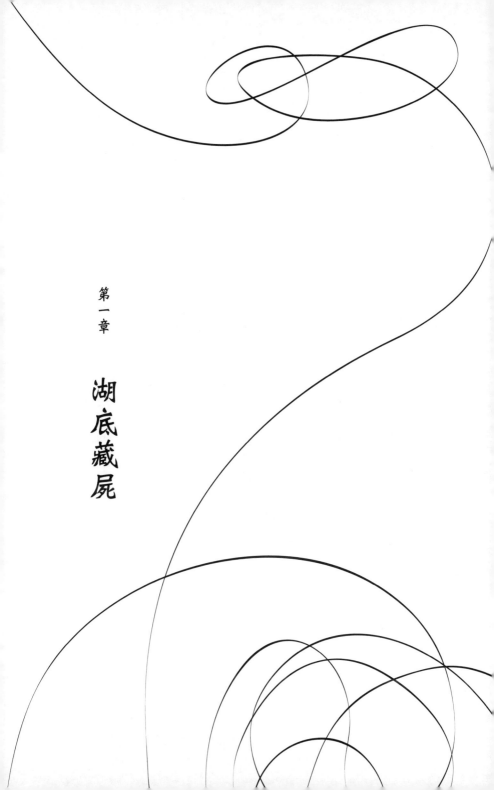

暮青問：「你是說真凶是太皇太后？」

「下毒之人是安鶴，太皇太后有沒有口諭就不得而知了。安鶴自太皇太后進宮起便跟著她，元家掌權後，安鶴便成了大內總管，太皇太后縱著他，連他私開象姑館之事都未管。」步惜歡道。

暮青不信安鶴背後無人指使。柳妃死後，太皇太后曾下旨將與此事有關的人全都賜死，爹驗過屍，很可能在滅口的名單裡。

安鶴是大內高手，暮青難以擒他；近來朝事繁忙，步惜歡要過些日子才能得閒，他答應助她，兩人商定之後，步惜歡就回了宮。

這夜，多傑醒了，巫瑾稱其身子已無大礙，烏圖卻因懷疑神官布達讓是使節團進京的途中被殺換掉的，要求大興嚴懲凶手，並索要賠償。

朝廷命刑曹、盛京府和巡捕司在一個月內查清此案，不得耽誤上元節後的議和。

下朝後，元修邀暮青同行。他不提望山樓之事，沒話找話地問：「假勒丹神官一案，妳如何看？」

暮青道：「若烏圖此前沒發現布達讓有何不同之處，那麼人在進京途中被換掉的可能性就不大。」

元修道：「我倒希望人是在進京途中被換掉的。」

人若是在更早之前就被換掉，那多年前就換掉了勒丹神官的人實在可怕，那人藏得太深，所謀必定不小。

兩人說著案子，眼看到了宮門口，元修才支支吾吾地說過幾日相府別院有個詩會，邀士族子弟煮茶論道，還有些士族小姐前去賞花。

暮青一聽就懂了，賞花是假，相親是真。

「妳也來吧，我把趙良義也喊上，他老大不小了還未娶妻，跟你們在一起我自在些。」

「哪日？」

「初六。」

相府別院在城南，離鷺島湖頗近，依林傍湖，內外皆可賞桃林湖景。公子與小姐們分了園，隔著小湖，中有桃林，林中有廊，華毯金氈，雕几畫案。元修帶著暮青等人一進曲廊，公子們便紛紛相迎。

廊中有亭，設有兩席，除了元修的，還有一人的。

巫瑾正賞雪，大雪壓枝，花苞粉俏，男子廣袖深衣，一派南國之風。

「侯爺，諸位將軍。」巫瑾轉身見禮。

元修笑道：「我大哥的傷有勞王爺了，本侯一介粗人，若有招待不周之處，還望王爺莫怪。」

「侯爺言重了，文人集會，多遇知己，本王還要多謝侯爺相邀。」巫瑾看了暮青一眼。

元修微訝，巫瑾幼時便被送入盛京，那時醫術未精，頗受了些苛待。他看起來待人有禮，卻與誰都不親近，易相處卻難深交，極少出席園會，莫非今日是因阿青而來？

心中疑著，元修請巫瑾入了席。

暮青來園會是想接觸一下士族子弟，想著也許對查案有助，結果也不算失望。

席間有一人是戶曹尚書的庶子，名叫曹子安，聽說近年喜愛上了玉春樓裡的一個清倌，是個罪臣之女，閨名蕭芳，滿腹詩書，孤芳傲物，因曾自殘雙腿拒絕接客而對了紈褲子弟的病態胃口。曹子安常為蕭芳豪擲千金，一介庶子，出手如此闊綽，可見曹府有多富貴。

一想到將士們以身殉國只得二十兩銀子，與許被人貪去填了美人窟，暮青就不願與這些人同席，於是半途告退，在眾公子愕然的目光裡往林子裡去了。

桃林深處，湖水冰封，一座拱橋架在湖上，若白虹飛渡，引人向仙。暮青剛想往橋上去，身後忽然傳來人聲。

「都督。」人聲和風細雨，若山澗清泉，沁人心脾。

暮青回身一禮。「王爺有事？」

巫瑾笑道：「本王也不喜詩會，一路尋著腳印過來，唐突之處還望都督莫怪。」

暮青沒想到這人如此坦然，於是問道：「既然不喜詩會，王爺為何會來？」

「自然是為了都督，本王痴心醫道，對都督所言的假死之說頗感興趣，不知都督師從何人？」

「家傳。」

「那令嚴應是高人。」

「家父已辭世半年多了。」暮青邊說邊往橋上去，拱橋高處，天與湖與雪，上下一白，氣派萬千。

巫瑾跟來橋上，歉意地一禮。「本王唐突，都督恕罪。」

暮青搖了搖頭，望著湖面問：「王爺通曉毒理，可知什麼毒有苦杏仁的氣味？」

巫瑾詫異地問：「都督問的是杏春藤還是毒閻羅？」

暮青聞言，倏地回過身來。

「杏春藤只長在南圖，汁液毒性甚烈，有極濃的苦杏仁氣味。毒閻羅乃本王所製，取杏春藤之毒，混以七味藥草遮其氣味，下在茶水飯菜裡，很難嘗得出。」

暮青面色一寒。「此毒天下間只有王爺處有？」

巫瑾不答反問：「都督在何處見過此毒？」

暮青道：「盛京宮總管安鶴。」

巫瑾怔了怔，扶住橋身的手陷入積雪裡，剎那間比雪蒼白。

暮青見了，追問：「王爺與此人有仇？」

巫瑾低頭不語，烏髮遮了半邊容顏，陰沉之處雪色照不見，似心裡塵封著一些不願碰觸的陳年之辱。半晌後，他道：「毒閻羅乃本王年少時所製，五年前京中傳入時疫，本王府裡收治百姓，時疫過後發現少了些毒，其中便有毒閻羅。」

這麼說，巫瑾與下毒之事無關，那盜毒之人可是安鶴？

暮青心煩意亂，想要一個人靜一靜，於是往橋下走去。

巫瑾一愣，忙道：「都督，往前是……」

暮青停住腳步，這才想起再往前去便是小姐們聚會的園子了。還好巫瑾提醒，前面又隔著桃林，這才沒出亂子。

恰在這時，林子裡傳來了話音——

「安平侯府當年發配到江南的那一支遭了匪，府中如今已無當家的長輩，沈小姐身子弱，太皇太后發了慈悲，准她回京養身子了。」

「外城可都傳開了。前些日子她回京時，馬車在望山樓外被恆王世子給攔了。侯爺那時正在望山樓裡喝茶，拿茶潑了恆王府的人。」

「竟有此事？」

「還好那狐媚子稱病沒來，不然有她好瞧的！」

「真病假病？」

「說是染了風寒……聖上要選妃，家中捨不得送咱們去宮裡，安平侯府倒是上上之選。聖上荒淫，那沈家女若進了宮……」

暮青沒想到會聽見沈問玉回京的消息，臉上頓時覆了層霜色，冷不防地問道：「王爺可娶妻了？」

這一聲頗為清澈響亮，林中頓時靜了。

「未曾。」巫瑾瞥了眼林中，笑問：「都督可娶妻了？」

「家有賢妻。倒是侯爺尚未娶妻，我曾問過侯爺，喜愛怎樣的女子。」

「哦？侯爺如何說？」

「侯爺說，不求傾國傾城，但求蕙心紈質。多舌善妒，背後議人，表裡不一，皆為下品。」暮青吐字如刀，聽林中久無人聲，這才拂袖上了橋去，卻沒想到一下橋就碰上了元修。

元修見暮青的臉色不好，問道：「誰惹妳不快了？」

暮青道：「抱歉，方才聽見有人嚼舌根，忍不住拿你說了幾句。」

「妳說什麼了？」

「我說你若娶妻，不求傾國傾城，但求蕙心紈質。」這話是她隨口胡編的，氣是出了，倒覺得十分對不住元修。

「蕙心紈質……心如蕙蘭，品如紈素。」元修看了眼暮青，她拿他去擋那些女子，他心裡歡喜，只是蕙蘭柔弱了些，他更愛青竹。

見巫瑾走了過來，元修沒多言，笑道：「那邊有暖閣，妳去歇會兒，午時一起用飯。」

「好。」暮青很乾脆地應了。

「王爺還請回亭中上座，我將英睿送去暖閣便回來相陪。」元修道。

巫瑾看出元修在防著他，心中不解，但未糾纏，只是謙和地一笑，便入了亭中。

午宴在湖心亭上，湖中有兩亭，公子小姐們各據一亭，既瞧得見又隔著湖。亭中，元修臨風而坐，與趙良義等一干西北男兒抱著酒罈豪飲，爽朗的笑聲隔著湖面傳去老遠。

湖上風大，小姐們的亭子裡隔了屏風，當中一桌坐著八名貴女，主位上的少女十四、五歲，鵝黃襖，金馬靴，身披桃紅大氅，一雙明眸煞是靈動，正是元修的胞妹元鈺。

元鈺打趣道：「寧姊姊也有不愛吃食的時候啊。」

她身旁坐著名娃娃臉的貴女，雲堆翠髻，玉貌絳脣，十六、七的年紀，瞧著竟與元鈺差不多大，正是寧國公的孫女，寧昭郡主。

寧昭面色春粉，低頭辯道：「湖心風寒，吃食涼了。」

「寧姊姊是嫌我招待不周？那改日我將姊姊請到府中補一頓，再叫上六哥如何？」

寧昭嗔道：「數妳胡鬧！」

元鈺咦了一聲：「難道妳不想見六哥？」

寧昭絞著帕子，不理元鈺了。

元鈺笑疼了肚子，寧昭面紅耳赤，貴女們陪著笑，笑容刻在臉上。

縱然寧國公府人丁單薄，寧昭也有著世間最好的福氣，能嫁給大興女子都想嫁的人。

今日，她們不過是陪客。

江北天寒，冰嬉素來是貴族之好，午宴剛開，湖面遠處便滑來一片紅雲。公子小姐們憑欄遠望，說是看冰嬉，眾人的目光隔著舞姬望去對岸——原來冰嬉是幌子，讓礙於禮教的貴族兒女們尋個藉口相親才是真。

元修對暮青道：「我倒忘了，今兒有冰嬉，江南可看不到此景，妳定要好好瞧瞧。」

暮青望去，見天水一白，冰湖如鏡，一片彤雲似自天上來，烈電般馳來湖心，時而如團雲，時而如飄帶，時而如紅花萬點，美不勝收。

這時，忽聽有人問道：「快看！那是何人？」

只見一名少女穿著一襲素白羅裙馳入了舞姬當中，驚得舞姬紛紛散開。她旁若無人地在湖心中央翩然起舞，柳腰擺若靈蛇，舞姿婀娜妖嬈，士族公子們的眼神都直了。

元鈺拍桌怒道：「胡婉何意！」

寧昭道：「許是餘興節目，沒叫咱們知道罷了。」

「寧姊姊，妳怎麼這麼傻！」元鈺氣得跺腳。

寧昭垂眸，眼底寒意如刀。

胡婉是翰林院掌院學士胡文孺之女，胡文孺是元相的心腹，故而胡婉雖知元家屬意寧昭，卻想一搏。她一舞作罷，笑吟吟地朝元修滑去，在離他三尺遠時，腳下的冰面忽然一翻！

胡婉花容失色，撲通一聲掉進了冰湖裡！

眾人大驚，唯獨暮青挑了挑眉，這冰有一指厚，塌得真是時候，斷得真整齊啊……

胡小姐真是用生命在搶男人。

「冰塌了！」舞姬們驚喊著往岸上逃去。

護衛和小廝離得遠，趙良義等人不會水，士族公子嬌貴，誰也不敢寒冬天裡下水。

「我去！」暮青道。

「妳別！」元修一把抓住暮青。此乃冰湖，她受過寒氣，豈能再受寒？

說罷，他扯了塊大氅上的布往手上一纏，眼一閉便跳進了湖裡。

寧昭面色一白！

舞姬那麼多人，冰都未塌，偏偏胡婉來了就塌了，還塌在那邊亭子下，明眼人都知道其中有鬼，這一救只怕要救出麻煩來。胡婉衣著單薄，落入湖裡溼了衣裳，元修救她是好心，瞧了她的身子，只怕要將她收入府裡。

這些元修都懂，他在相府裡長大，什麼花樣沒見過？

他閉著眼躍入湖裡，拳風怒震，冰面喀嚓一聲碎裂！

眾人只見雪揚如霧，元修縱身出水，手裡提著一人，他凌空在碎冰上一踏，往貴女們所在的湖心亭落去。

小姐們急忙讓去一邊，元修將胡婉扔到地上，他的手用錦布包著，眼也閉著，衣袍盡溼，身形精健。朔風吹入亭中，他臉龐上結了冰碴，容顏冷峻，英武不凡。

小姐們呆住，寧昭神色感動。

元鈺厭棄地道：「把胡小姐送去暖閣，先請府醫來瞧瞧，再遞牌子入宮請御醫來！」

寧昭道：「侯爺衣裳溼了，拿件大氅來，速去備新袍！」

「不必。」元修知是寧昭，拒絕後便要退出亭子。

這時，忽聞尖叫聲傳來，胡婉的丫鬟驚恐地盯著地上，嗓子都扯破了音。

駝毯上不知何時多了件東西，青黑顏色，覆著層黃白似蠟的東西，瞧著像隻人手！

尖叫聲迭起，元修睜開眼，箭步上前將人手包住，問道：「何處得來的？」

人手是丫鬟從胡婉散落的髮髻上摸到的，那手指勾著胡婉的頭髮，冰涼滑膩，丫頭摸到後驚得扔了出去，聽見元修問話，她指了指胡婉便暈了過去。

元修對元鈺道：「此事我自會處置，先將人扶下去醫治。」

說罷他便掠出了亭子，往對面去了。

寧昭失魂落魄，見元修落在對面亭中，走向一名少年將領。

元修將錦布攤開，遞給暮青，說道：「發現此物的丫鬟嚇暈了，沒問清來路。」

公子們見元修拿著隻人手，驚得紛紛後退。

趙良義道：「真邪了，你這小子怎麼走到哪兒都能遇上命案？好像這些死人知道你在，紮堆兒來尋你似的。」

「閉嘴！」元修踹了腳趙良義，問暮青：「妳有何看法？」

「這是屍蠟，是屍體長期浸在水中，脂肪皂化而形成的。湖底藏了具成年屍體，死了至少半年。」

湖底藏屍？眾人打了個寒噤。

「我下去瞧瞧！」元修不容分說，一個猛子便扎進了湖裡。

沒多久，他提著個髒兮兮的布袋上了岸，布袋開了個口子，一截白森森的臂骨從裡面伸了出來。

元修將布袋放到空地上，剛攤開，裡面便淌出了些帶著湖泥的水，屍水似的。幾個公子哥兒受不住，轉身便嘔了起來。

暮青道：「準備驗屍之物！」

元修招來親兵囑咐了一番，問道：「屍體搬去暖閣驗可好？」

湖上起風了，她在此驗屍恐會凍手。

「好。」暮青沒意見，屍體蠟化了，移個地方驗屍並無影響。

公子們愕然，家醜不可外揚，這等事遮掩且還不及，元修怎還讓人驗屍？

眾人猜不透元修的心思，聽說驗屍又覺得刺激，於是便一同往暖閣去了。

元修覺得礙眼，剛想勸公子們去喝茶，親兵就回來了。

這親兵騎馬去了義莊，來去頗快，暮青穿戴好衣袍後拿剪刀順著屍袋的破損處剪開，只見一塊大石壓著一堆白森森的人骨，其中一些碎了，底下是黑乎乎的湖泥和臭氣熏人的爛草。

院子裡又傳來乾嘔聲，巫瑾立在廊下，廣袖輕拂，一道薄荷清香散出。

暮青道：「王爺請把熏香收起來，氣味會影響驗屍。」

仵作驗屍前多燒蒼朮、皂角，遇到高腐的屍體時，為防屍氣還會口含薑片。但如此一來嗅覺會受到影響，屍體上一些細微的氣味就聞不見了，因此暮青向來不用此法。

巫瑾面露歉色，急忙收了香包。

元修道：「屍手上生了屍蠟，怎麼屍骨卻是白骨？」

「取水和白布來。」暮青將大石搬開，拿起人手道：「屍體全身都是屍蠟的情況很少見，大多數屍體只有一部分可以形成屍蠟。屍蠟可保存屍體的原形，並能保存某些暴力痕跡，這截人手是生前被斬下來的，死者生前與人發生過打鬥。」

暮青將手臂的斷處給元修看。「斷面平整，是被斬斷的。」

說罷，她又將手臂一轉，露出前臂上的一道豁開的傷口。那裡皮肉翻著，已經發硬，卻能很清晰地看見黃白的脂肪、發黑的肌肉和裡面的筋。

「這創口呈紡錘形，是刀傷，說明死者曾抬起胳膊擋刀。」暮青說罷放下斷手，又撿起一些像腿骨的長骨道：「我之所以說這手是在死者生前被斬斷的，是因為屍骨大部分完好，有一些雖然碎了，但斷面不平整，顯然是被大石壓碎的，而非被刀斬斷的。凶手不太可能殺人後獨獨斬斷這截手臂，所以這截手臂在打鬥時被斬下的可能性很高。」

話說完，親兵已回。

暮青鋪好白布開始拼骨，骨上沾著湖泥和水草，她將人骨在水裡洗過後才擺放到白布上。她洗骨的速度稍慢，拼起骨來卻很快，彷彿不需要仔細分辨就知道人骨該安放在何處，連被壓斷的骨頭也能毫不遲疑地拼湊起來。

巫瑾對經脈穴道知之甚詳，卻不識人骨。在他看來石子般的小骨，若非暮青拼了出來，他根本就看不出竟是人的腕骨。

不一會兒，白布上拼出了一副人骨架子，唯獨缺了頭顱。

顱骨被巨石壓碎了，很難拼湊起來，暮青將碎骨洗淨，挑了幾塊放在掌心裡細瞧，說道：「顱骨上未見刀傷，眼下除了手臂能看出是生前被斬斷的，難以做出其他判斷。水裡的屍體，尤其是形成屍蠟的，較難推斷死亡時間，也很難看出致死傷來。」

都說英睿都督頗有驗屍之能，眾人還以為就算是骨頭架子，也有本事瞧出是誰，沒想到言過其實了。

有人露出嘲諷神色，嘴上卻不敢說，因為誰都不想得罪元修。

「這麼說，此人的身分難以查明了？」元修問。

「我沒這麼說。」暮青捧起骨盆道：「死者骨盆高而窄，骨面粗糙，骨盆上口呈心形，說明此人是男性。骨盆聯合面背側已經開始形成高脊，出現骨化結節的連接，腹側緣也開始形成斜面，結合死者的鎖骨體、肩胛骨體的骨化中心出現情況和骨骺癒合情況，可以斷定死者為青年，年齡在二十二歲到二十四歲之間，而且他的身分非富即貴。」

眾人本以為暮青技窮了，聽聞此言不由震驚。

只見暮青從盆裡撈出一顆牙齒來，說道：「這牙補過。」

古代醫學是不分科的，醫者大多是全科醫生，內科、外科、兒科、婦科無一不精，什麼病都能治，連口腔科也不例外。但補牙在古代是個技術活兒，有用榆皮、美桂等藥草填牙的，有用象牙、牛骨等動物骨骼填牙的，也有用核桃木、檀香等物填牙的，還有一種叫做「銀膏」。

銀膏是用銀、錫及少量的銅、鋅以一定的比例銼成粉末，然後與水銀調成富有可塑性的軟體，凝固後可硬如銀，是一種汞合金，可用來補牙齒缺落。

但無論是哪種補牙方法，用的是哪種材料，尋常百姓都是補不起的，只有權貴才能享受這等服務。

「這顆牙磕掉了一塊，用的應是銀膏，外頭還用軟金鐵線綁了一圈兒，美觀精緻，而且昂貴。尋常百姓可補不起這顆牙，此人定然非富即貴。我相信如此手巧的郎中不多見，有心要找，定能尋到！」暮青捏著那顆牙，銀膏已黑，只有中間可見些微的銀亮色，金線也髒汙了，若不是她看得仔細，根本就發現不了這顆牙齒與其他牙齒有何不同。

盛京擅補牙的除了御醫院那幾位聖手，民間的也多有名號，想必不難查。

元修看向巫瑾，想著似乎沒聽說過巫瑾擅長此道。

暮青道：「他不會替人補牙的。」

元修問：「妳怎知？」

暮青道：「王爺有潔癖，宮宴那晚，御菜他一筷未動，茶也喝得少，給多傑餵藥時曾借我之手，搭脈時也以巾帕為隔，所以我猜他有潔癖。」

巫瑾怔了怔，笑道：「都督體察入微，本王佩服。」

「我即刻命人去查。」元修招來親兵吩咐了一番，見暮青望著屍骨深思，不由問道：「怎麼？還有何問題？」

暮青搖搖頭。「現在不好說，這骨需細驗。」

「還需如何驗？」

「復位顱骨。」

頭顱已碎，竟可復位，聽見此言者無不驚詫。奈何暮青說需些時日，便命人將屍骨裝箱搬去了都督府。

好戲剛開了個頭兒就不能看了，眾人心覺遺憾，奈何與暮青沒有私交，不好厚著臉皮去都督府，唯獨巫瑾離開時喚住了暮青。

「本王痴心醫道，有幸兩番旁觀都督驗屍，對都督之術頗感興趣。我瞧都督似對毒理有些興趣，我府上正巧有藥圃，天下藥草奇毒應有盡有，故而想請都督常去坐坐，談論醫道，不知都督意下如何？」

巫瑾不好待客，邀人入府的事兒還是頭一遭。

聞者訝然，暮青應了，而後回了都督府。

重定顱骨，在無膠黏合的情況下，只有兩種方法可行——石膏法或鐵絲法。把石膏與水按比例混合調成漿塗在骨損處可以黏接碎骨，但膠接速度慢，還易汙染骨損面，影響觀察，所以暮青決定用更麻煩的鐵絲法，先將骨面鑿孔，再以鐵絲穿過顱骨進行固定。

鐵匠鋪裡有鐵絲，但細度達不到，越細的絲對骨面的傷害越小。暮青想起隱衛手中的兵刃細如蠶絲，便把月殺喚來了書房。

月殺得知暮青的念頭時臉都黑了。寒蠶冰絲是刺月門在一次門派廝殺中得到的江湖神兵，主子給了刺衛，從此刺部便在江湖上令人聞風喪膽。不知有多少門派盯著刺月門，多少高手為了得到神兵而丟了性命，它在這女人眼裡竟然只是比鐵絲細？

「此人是何身分，竟用得起寒蠶冰絲修腦袋？」

「冰絲有價，人命無價！」

「武者面前，神兵無價！」

此事毫無商量的餘地，月殺立即去尋修復顱骨用的細絲，直到天黑才回來。他找遍了城中的首飾匠人，把人打暈綁去了一間廢舊的民宅裡，拿刀架著脖子讓匠人們趕製了半日，總算製出了比琴弦還細的絲來。

暮青道了謝，便磨孔去了，連飯都是在書房裡吃的，忙到深夜才在碎骨上磨好了孔，隨後便開始復位顱骨。有人來送茶點時，她頭也沒抬地道：「放去那邊桌上。」

那茶碗卻遞來了她眼前，茶碗青翠，紅袖如雲，袖下的手清俊如玉。

暮青一愣，把頭一抬。

步惜歡笑道：「我來瞧瞧，讓妳打寒蠶冰絲的主意都想修復的頭顱是何人的。」

暮青哦了一聲，又低頭忙活了，只道：「擋光。」

這話耳熟，她當初在刺史府裡驗屍時也這般嫌過他。

「夜裡忙活這些，也不怕熬壞眼。」步惜歡沒好氣地拿了盞燈來，放在了書桌上。見暮青選取細絲，對著燭光穿過碎骨上的小孔，用鉗子將細絲擰緊，使兩片碎骨片拼連在一起。

復位顱骨是細緻活兒，暮青幹得仔細，書房裡靜得只能聽見小鉗擰著鐵絲的聲音，不知過了多久，她才發現步惜歡還在桌旁。

步惜歡端著茶倚著書桌，見暮青抬眼，不知該氣還是該笑，將茶盞往她面前一放，道：「歇會兒吧，忙了大半天了。」

「我想早些將顱骨復位出來，此人的身分有疑。」暮青托著一小塊兒復位好的顱骨道。

步惜歡拿過來端量了一會兒，只見骨面上的小孔鑿磨得很細，鐵絲擰好後皆藏在裡面，已能想像完成後的精緻。他欣賞著手藝，嘴上漫不經心地道：「嗯，我也有些疑惑，一個非富即貴之人被沉屍在相府別院的湖中，盛京城裡竟一點兒風聲都沒有。」

「你知道得倒快。」暮青端起茶盞，茶水已溫，喝著正好。

「我還知道有人說自己家有賢妻。」步惜歡擺弄著人骨，饒有興致地問：「何時成的親？哪家小姐有幸嫁與都督，可能說來聽聽？」

暮青一愣，問道：「巫瑾是你的人？」

「我的人？」步惜歡揚了揚眉，臉不紅氣不喘地道：「我的人只想是妳。」

「……你的線人？」暮青重新問，這回咬字清晰。

步惜歡一笑。「線人？這詞兒聽著倒新鮮，確切的說是盟友。」

暮青懂了。巫瑾是南圖國質子，幼時便被送來大興為質，他定想回國，與步惜歡結盟並不奇怪。

「同盟之事我已與都督交代了，都督可能交代一下賢妻之事？」步惜歡抓著此事不放。

暮青把茶盞遞給步惜歡，面無表情地道：「涼了，換熱的來。」

步惜歡氣得發笑，也就只有她敢理所當然地使喚他端茶倒水。

暮青繼續復位顱骨去了，步惜歡見她低著頭，眉眼被燭光晃著，韻致獨特。她總有一種天下女子都沒有的氣韻，起初覺得冷硬，越相處越覺得有味道，不知不覺間就被吸引，待回過神來時自己都覺得不可思議，就如同此時，他不知不覺瞧了她許久。

步惜歡搖頭一笑，端著茶盞便出了書房，背影灑然。

少頃，他添了茶水回來，還端了兩盤點心。

暮青正穿絲，瞧了眼茶點，嘴角牽了起來。「嗯，是挺賢慧的。」

步惜歡愣了好一陣兒，笑聲驚了夜色，懶沉歡愉：「我怎不記得有收都督的聘禮？」

「我也不記得有收陛下的嫁妝。」

「如此說來，此物可好？」步惜歡說著，竟當真從袖中拿出了一物來。

那是一只袖甲，皮甲所製，他解開前面的一只小扣，裡頭藏著一層。他往其中一抽，一根冰絲便被抽了出來。

「寒蠶冰絲？」

「伸手過來。」

暮青還在驚訝，步惜歡已將袖甲戴到了她的手腕上。

「今日起戴著它，切莫離身。」步惜歡幫暮青調了調機關扣的位置，囑咐道：「此絲極韌，妳雖不懂內力，遇險時卻也能有妙用。」

元家不可能放心將水師交給她，她日後必定有險。他已在謀神甲，一旦得手，便會為她建立神甲軍，日後護她周全。

暮青不說話，步惜歡今夜來府中就是為了給她這個？

「多年前，刺月門在江湖廝殺中得了件絲甲，我將其拆了，才得了一批寒蠶冰絲，給了刺部，這是我的。」

「你的？」暮青一聽便去解袖甲，她不能要，他的處境比她險。

「無妨。」步惜歡的笑容暖人，她擔心他，於他而言便是無價之寶了。「不必憂心我，我的功力再有一、兩年便可大成了，此物留在身邊已無大用。」

「現在不是還沒大成？」

「雖未大成，但如今天下間能傷我的還真沒幾人。好了，我回宮了，妳早些睡，修骨之事明兒再折騰吧。」步惜歡知道暮青倔，說話間華袖一拂，分明沒觸到人，暮青卻覺得睏意如潮，未生怒意便已倒下。

步惜歡將人抱起送去了閣樓，這才出府回了宮。

復位顱骨用了三日，修好時正逢休沐，暮青命人將元修和巫瑾請到了都督府。

巫瑾是步惜歡的盟友，自然要請他來——這案子得讓步惜歡知道。

元修見到巫瑾有些意外，問道：「有何發現？」

「大發現。」暮青將顱骨遞給元修，碎骨已完整成形，每片邊緣都鑽有小孔穿有鐵絲，孔小絲細，絲藏於顱骨內部，連牙齒都以金絲纏在一起，精緻得如同古董擺件。

巫瑾來得早，已欣賞過了，但心情依舊不能平復，他還是頭一回覺得骷髏骨很美。

元修同樣驚嘆，好半天沒回過神來。

暮青道：「此人非我族類。」

「何意？」

「胡人！」

消息太令人震驚，元修一時說不出話來。只見花廳的地上已擺好了一副人骨架子，後面置了張大桌，桌上還放著一個頭骨。

「這是大興人的頭骨，我命人從義莊裡取來的。」暮青將頭骨的一側展示給元修和巫瑾看。「大興人的顱寬，顱形平滑而圓，顴骨較高，面部扁平，眼眶外口圓。而我修復的這只特徵明顯不同，顱窄而低，顱形長，顴骨不高凸，口鼻部前凸，下巴前凸。」

暮青將胡人頭骨放去桌上，與大興人的頭骨並排放好，兩相較之，區別立辨。「這並非個體差異，而是種族差異。還記得我們在大漠的時候嗎？拜那些埋在大漠和地宮甬道裡的人骨所賜，我研究出一些差異來，雖不知此人是哪個部族的，但他確實是胡人。大興人和胡人的差異還表現在其他骨骼上，比如骨盆，比如股骨前曲程度。」

暮青在別院時就發現骨骼不像大興人的，因有圍觀之人，事情未經確認，不好輕易說出，直到顱骨復位完成後才算證實了她的猜測。

元修記得在大漠時暮青沒少挖埋於黃沙之下的人骨，只是沒想到真有一日用得上。別院的湖底竟沉了具胡人的屍體，此人是何身分，如何混入盛京的，為何會死在相府別院，又是被何人所殺？

詩會後，爹娘聽聞湖底藏屍之事頗為震怒，不像知情的樣子。

「想知道凶手是誰，先得查死者是誰。」暮青道。

「如何查？人都已成白骨了。」元修道，雖然可以從補牙的郎中那兒查起，但哪個郎中會承認此事？一旦承認，罪同通敵！他知道暮青擅長斷人所言真假，可此人是胡人，難保郎中不會被滅口。

暮青道：「若將此人的生前面貌進行復原，興許能找到線索。」

元修和巫瑾都以為自己聽錯了，人死已成骷髏，怎能知其生前面貌？

「顱面復原自有其法，人的面貌是基於骨骼的，有了死者的顱骨，就能知道他的容貌。」暮青往桌後走去。「東西都準備好了。」

桌後有只工具箱，裡面放了復原面貌的工具——黃泥、牙籤、小尺，以及雕刻用的工具，都是昨天她畫了圖讓月殺緊急去鐵匠鋪裡打的。

面貌復原多用橡皮泥，暮青只能用捏泥人的黃泥代替。她到桌前坐下，開始了工作。

巫瑾來到暮青身邊，元修也走了過來，兩人立在暮青左右，盯著她的動作，聽她道：「人的面部基本上有十五處測量點，中線有九處，臉側有六處，比如髮際、眉間、鼻根、鼻梁、上唇根、人中、眼眶下緣、顴弓等處，先確定這些部位的厚度，然後標高。」

種族不同，面部肌肉等組織的厚度有差別，暮青在大漠研究的多是人骨，偶爾見過幾具乾屍，並沒有進行太多面部組織的研究。但她發現大興人和胡人大抵可以套用前世所學的種族理論和計算公式，因此今日也是大膽一試。

她取來牙籤，用小尺量出髮際、眉間、顴弓等部位的厚度，然後用解剖刀將牙籤割斷，用黃泥將牙籤黏在頭骨上。

小尺上有元修和巫瑾不認得的細小刻度，一會兒工夫，頭骨上就黏了十幾塊圓圓的小黃泥塊兒，就像是臉上嵌著鉚釘，醜卻新奇。

兩個大男人屏息細凝，眼都捨不得眨。

暮青將關鍵的高度標好後就拿起黃泥往顱面上貼。「死者是男性，二十出頭，正值青年。草原男兒多在馬上，青年人大多高壯，少有胖者，所以可以推斷此人的面容應是精瘦的。」

暮青先將半張臉貼好黃泥，隨後拿出雕刻工具來細修。「這只顱骨顱長長，顱寬窄，面寬窄，顎形窄，復原面貌時要注意他的骨骼特點。眼耳口鼻的定位也有其法則，口的寬度大致等於瞳孔間的距離，現在他的眼睛還沒有做出來，可以根據這裡來確定口的位置。」

暮青指了指牙齒。「左右尖牙及第一磨牙縫之間的長度基本上是人的唇長，而唇寬大多在上下牙釉質高度的一半處。但胡人的唇大多比較寬，此人的口鼻部又有些前凸，所以他唇部特徵應該是這樣的……」

暮青邊說邊捏著黃泥，像雕泥人似地雕出了唇部來。

「胡人的鼻梁比大興人高，通常帶些鷹鼻的特徵，寬度相當於一隻眼睛的寬度。」

「耳長接近於鼻長，與鼻子出於同一平面，胡人的耳廓較大，耳珠厚實。」

「眼睛的大小最難推斷，但位置可以先確定，外眼角在眼眶的結節處，內眼角在淚囊窩的中段。此人的眼眶是角形的，略微上提，人的內眼角大多比外眼角低些，此人的眼形應該是這樣的……」

暮青邊說邊雕刻五官，她的手極巧，看她做事是一種享受，忍不住會忘記案子，心潮澎湃。

元修盯著暮青的手，她的手素白纖柔，指尖沾著黃泥，顯得手指蔥玉粉白。他看著看著，竟有些失神，不知自己當初怎麼就沒發現她是女兒身。

巫瑾聚精會神地盯著暮青搓著的眼球，不經意間瞥見她的手指，心中忽生疑竇，卻又立刻被那完成的半張面容吸引。

暮青先完成了半張臉，又根據這半張臉去完成另一半，整張面容都復原好後，她便開始用顏料給面部染色。

五胡人的膚色不同，暮青不知死者是哪族人，便取了常見的麥色。胡人男子常年征戰，臉頰多被風刀吹得泛紅，唇色也更紅潤，眼睛有黑有藍，暮青取了像呼延昊一樣的暗青色。

泥臉漸漸地有了顏色，元修和巫瑾皆屏住呼吸。

一張唯妙唯肖的臉孔顯出時，暮青拿出一只髮套，說道：「此人臉上有沒有痣，這個無法知道，但他二十出頭，應該沒有鬍鬚。鑑於他的身分是貴族，而胡人的貴族喜歡以彩珠纓絡編在髮間，所以昨日我尋匠人做了只髮套，因為不知此人是哪個部族的，故而未做冠帽。」

髮套戴好，這才算是完工了。

只見桌上之人鷹鉤鼻，吊梢眼，寬唇闊臉，面色黑紅，梳著彩辮，異族眉眼唯妙唯肖！

暮青讓去一旁，對元修道：「此人臉上的痣疤等特徵都無法知道，面貌雖可復原，但只能做到六、七分相似，認識他的人許會覺得眼熟。」

巫瑾笑道：「都督過謙了，妙手回春尚不能使死者再生，已成白骨之人怎能苛刻其容貌復如生前？這六、七分的容貌復原之術已令人大開眼界了。」

暮青搖頭，仵作是她的職業，有職業能力是必須的。她不擅與人寒暄，於是想繼續跟元修說說對此案的推測，沒想到元修盯著那面容，神色疑惑。

「你認識？」暮青問。

元修驚醒，搖頭道：「不，不可能是他！他不可能出現在盛京，更不可能死了！」

「誰？」

「勒丹王！」勒丹王在關外，年前一戰，他廢了對方一條手臂，他怎會死在相府別院的湖裡？

「這面容有六、七分的相似，或許只是像。」元修覺得只是像而已。「勒丹王三十有七，此人才二十四、五，差了有十餘歲！」

他是十年前去的西北邊關，勒丹王當時剛稱王，他對他年輕時的相貌記得很清楚，此人確實挺像他，但絕對不會是他。

「妳不是說此人是半年前死的嗎？」元修問。

「我說至少半年，沒說他不可能是十幾年前死的。」暮青道。

「什麼？」半年和十幾年，相差也太遠了。

「江南的夏季，水中的屍體四年可以完全白骨化，河道中則只需兩年，內陸池塘或湖泊中屍體蠟化可能保存二、三十年，如果骨髓腔中充滿黑褐色易碎的屍蠟團塊，那麼屍體可能已經是五、六十年前了。有的屍體形成屍蠟後可能保存上百年甚至更久，這與周圍的環境有很大的關係。這裡是北方，冬季湖水冰封屍體不腐，腐敗進程比在江南水中的屍體要慢，這隻斷手骨腔裡的屍蠟顏色已有些暗沉了，再加上其餘部分完全白骨化，說明死者不是沒有可能死在十幾年前。因為只靠一隻斷手來推斷死亡時間，證據有些少，我驗屍那日才沒有多說。但現在既然是在推測案情，那完全可以懷疑此人死於十多年前。」暮青將斷臂遞給元修。

「妳是說此人有可能是勒丹王？」元修搖頭，覺得太不可思議。

「不排除這個可能，連勒丹神官都是假的，不是嗎？這人是勒丹貴族，他的身分可能是勒丹王，也有可能是他的兄弟子姪，總之可能有近親血緣。」

「……」

「此人身為勒丹貴族，他來到盛京，與他見面之人必然身分尊貴。鑑於此人死前與人發生過打鬥，手臂被斬，隨後被殺，推斷與他見面那人可能武功高強，也可能身邊帶有武功高強的護衛。這人有可能是元家人，當然也不排除有人偷偷與胡人約在相府別院見面，殺人拋屍。以你家在朝中的勢力，湖裡撈出具屍體來，想必沒人敢查，這對凶手來說是極好的保護。」

「……」

「這人是勒丹貴族，假神官也與勒丹有關，這兩件案子之間有沒有聯繫，現在還不好說，我目前能推斷的就只有這些了。」

元修面沉如鐵，半晌未言。

暮青之言有理，凶手深知元家之勢，拋屍別院之舉看似膽大，實則算計頗深。

「京中會補牙的郎中已經查出來了，妳明日下朝後可以見見。」元修心情沉重，與暮青說好時間便告辭了。

出了都督府，元修招來一個親兵，道：「你回去尋幾人扮成公子哥兒，到胡使常去的地方走走，將發現勒丹貴族屍體之事傳出去，務必叫勒丹王臣烏圖知曉。」

烏圖正因多傑中毒和布達讓之死大要議和賠償，此事若是讓他知曉，指不定怎麼鬧呢，議和的事別談成才好！

盛京的水已經夠渾了，不妨再渾一些。

次日下了早朝，暮青依約見了幾個郎中，卻沒看出有疑之人。於是建議元修查查這些年來城中有沒有郎中失蹤，尤其是會補牙的。

元修立刻派人去查，三日後有了消息。

十來年前，外城死了個郎中，那家藥鋪頗有名氣，祖上出過御醫，曾給先帝診過病。那郎中有一日出診，走了之後就沒回來，七、八天後被人發現死在了一口井裡，撈出來時人都泡爛了，家人認出了他的衣衫，府衙又從井裡撈出了藥箱，這才認了屍。

屍身已腐，無憑驗看，又因請郎中出診的小廝頗為眼生，此案便成了無頭公案。

郎中死後，藥鋪便關了門，一家子住到鄉下去了。

元修特意查了，此人精通補牙技法。

暮青立刻與元修去了趟城外的鄭家莊，見了鄭郎中的妻子王氏，得知人埋在麥山上，暮青告知王氏，其夫很可能是被人所害，希望鄭家人能允許她開棺驗骨。

開棺是民俗所忌諱之事，王氏想推拒，卻怕得罪元修，於是支吾不決。

暮青只好拿出把解剖刀遞給王氏，告知她若是想通了，可去望山樓將此物送上，而後便離開了。

到了村口，暮青才道：「派些人暗中保護鄭家人，再去墳地守著，以免凶手掘墳盜屍。」

元修應下，兩人回了城中。

開棺驗屍大事，鄭家人一日兩日的商量不好，朝中卻在這時生了事。

烏圖得知有勒丹貴族死在了盛京，便煽動五部聯手，多跟大興要好處。各部之間相互提防著商議了三兩日，出了一本公帳，在早朝時被送入了乾華殿上。

百官罵道：「各部每年金銀十萬兩，綢緞布匹三萬匹，牛羊各三千，真是獅子大開口！把國庫都掏空了也餵不飽這些胡人狼一般的胃口。」

「那就戰！胡人年年擾我邊關，何苦拿百姓的血汗銀養一群虎視眈眈的狼？狼養肥了可是要咬人的！」元修趁機主戰。

百官聞言禁聲，元相說議和，也就元修敢說戰。

沒想到，元廣竟和顏悅色地對暮青道：「都督乃少年英才，朝中正值多事之秋，不妨多為社稷分憂。假勒丹神官案、湖底沉屍案和西北軍撫恤銀兩貪汙案，不妨由都督查吧。城外冰湖雪融還需三個月，這段時日無需出城練兵，那便以三個月為期，都督將案子破了如何？」

這三樁案子撲朔迷離，撫恤銀案牽連甚廣，辦起來很得罪人。誓期破案，破了會人心盡失，破不了便會獲罪。

百官不由犯疑，不明元廣為何會刁難暮青，萬一案子破不了，人一獲罪，誰來練兵？

暮青卻道：「我可以答應，但有條件。我要求查案期間自由出入想去的地方，不論是誰，聽候傳喚。」

「除了宮中，都督隨意。」

「那我接了。」

元廣撫掌。「君前無戲言，三個月為期，若破不了……」

「聽憑相國大人處置。」

「好！」

兩人一個撒網，一個鑽套，三言兩語就把事情定了下來，步惜歡和元修都有些頭痛。

步惜歡垂眸一嘆——罷了，她想查便查吧，另尋他法護著她的安危便可，定叫她如期破案，不受人輕賤恥笑。

元修目如沉鐵——無妨，不管案子破得了破不了，他倒要看看，誰敢傷她！

這日，早朝本是為了商議議和條件，最後倒把案子給了都督府去辦。整個盛京的目光都聚向了都督府，等著看暮青如何破案。

第二章

盛京賭神

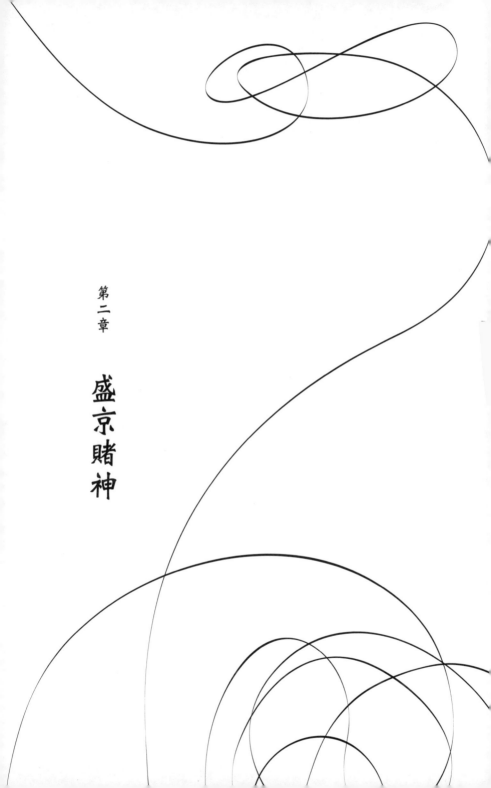

暮青回府後足不出戶，在閣樓裡看了一日的醫書，晚餐後未歇，彷彿在等什麼。

深夜，步惜歡來了，一上閣樓就問：「特意等我？」

「早睡也會被你吵醒，不如醒著。」暮青埋首醫書，面前卻覆來一隻手，遮了書頁。

「夜裡看書熬神傷目，日後白天看。」

「往後白天就忙了。」

「我瞧妳有的是時間，今兒就看了一日的書。盯著都督府的人脖子都伸長了，妳愣是一步也沒出去。」

「一天不出府，他們那些帳也改不完。」

「想好怎麼查了？」步惜歡笑問，她不是魯莽之人，既然應下了，相信自有查案之法。

暮青問：「你可還記得我在汴州刺史府審案那夜說過的話？這回也一樣，給我三個月，你那些臣子破不了的案子，我破給你看。」

「嗯，我知道，如果妳不能，天下無人能。」步惜歡笑道。

「如果我不能，我也會把朝臣之間的事全給你查清楚。」暮青道。

步惜歡怔住，眸底流華暖若晚春，問得小心翼翼：「為了我才接這三樁案子的？」

暮青低頭喝茶。「我喜歡查案。」

步惜歡笑意暖融，暖得似窗外風歇雪化，一樹桃花開。

「事情說完了，你可以回宮了。」暮青攆人。「我今夜有事，你別賴在這兒。」

「嗯？」

「我有事，要出去。」

「三更半夜的，去何處？」

「玉春樓。」

玉春樓乃官字號的青樓，所謂官字號，即收押罪臣女眷的青樓。

雪大如梅，梆聲蕭瑟，暮青在玉春樓門口脫了風帽，抖了抖帽上的雪，轉手給了身後的人。

龜奴滿臉堆笑道：「唷！這不是都督嗎？」

暮青心道自己進京不足半個月，龜奴竟能將她認出來，果然是官字號的青樓，對新貴是下了工夫的。

鬼奴將暮青請上二樓雅間，送來茶點，走時笑道：「都督若要姑娘相陪，只需喚一聲。」

說罷，便識趣地走了。

門一關，暮青看向身旁之人，那人貌不驚人，正端茶盞，她手忙往茶碗上覆。「這種地方，誰知道茶具乾不乾淨。」

那人將茶盞往旁邊一讓，淡淡地道：「手伸來做什麼？也不怕燙著。」

「嫌髒還來。」步惜歡將茶盞放去桌上，拿出帕子擦了擦手，一併丟去桌上。「來做什麼？」

她是不會因為好奇而來這等地方的，既然來了，必有所圖。

「掙銀子。」暮青說罷便下了樓。

大堂裡設著賭桌，聚賭的都是紈褲公子，美妓作陪，賭的都是大額銀票。荷官搖著骰子，一群公子賭著大小，輸紅了眼的樣子不比市井痞子好到哪裡去。

一人將銀票掃去地上，怒道：「晦氣！」

有人幸災樂禍。「曹公子還是別賭了，免得輸狠了，回去挨家法。」

這曹公子正是戶曹尚書家中的庶子曹子安，他的生母是南魏北謝的謝家女，他擅詩畫，精於琴道，頗有才氣，向來得寵。他今夜本是來見蕭芳的，沒想到蕭芳撤了牌不見客，他只好在賭桌上撒氣，哪知一回也沒贏過。

曹子安面子掛不住，掏出張千兩銀票便往賭桌上一拍，聲音響亮：「本公子不缺銀子，看你們能贏多少。」

眾人見了，心裡不是滋味兒，盛京城裡沒哪個庶子有曹子安這麼會投胎，姨娘是謝家女，爹又是戶曹尚書，銀子花不盡。

這時，一道聲音傳來：「我缺銀子，我跟你賭！」

眾公子循聲看去，大堂裡頓時靜了。

半晌，有人笑道：「還以為你這小子有多剛直，鬧了半天也喜歡煙花之地。」

那公子松墨錦袍，玉面粉唇，不是鎮國公府的小公爺季延，還能是誰？

季延丟了龍武衛之職，鎮國公將他狠打了一頓，前些日子他便沒去詩會。昨日才解了禁，今夜就到玉春樓裡來了。

暮青道：「我是衝著銀子來的。」

「得了吧！缺銀子去賭坊，來這兒做什麼！」季延一副我懂的模樣，擠眉弄眼地問：「還沒開苞吧？玉春樓裡花樣兒多的姑娘有的是，給你指個，保準伺候得你不想上朝。」

暮青淡淡地看著季延，這人與她有過節，卻沒心沒肺的，怪不得元修待京中子弟多顯疏離，唯獨待他尚可。「賭坊裡的人哪有你們有銀子？」

季延一愣，大笑道：「這是實話，我信！」

曹子安譏諷道：「聖上賞的金銀，怕都督都摸不著玉春樓姑娘的床邊。」

暮青不接這茬，只問：「方才曹公子的話可算數？」

「自然算數，只是不知都督有多少銀兩跟我賭？」曹子安問。

暮青把手放進衣襟裡摸了半晌，將手往桌上一拍，在一堆千兩銀票裡擱下了一枚銅板兒。

這銅錢太刺眼，貴族子弟生來便含金戴玉，誰也沒想到會在銷金窟裡看見銅板兒，還是一個銅板兒！

「都督拿一文錢想賭本公子一千兩？」曹子安的血氣直往頭上湧。

「你太高看自己了。」暮青淡淡地道：「一文錢，賭你身上所有銀票！」

曹子安臉色一黑。「都督是來砸場的吧？」

「少廢話！敢不敢賭？」暮青問。

曹子安還沒應聲，京中子弟們的好勝心已被激了起來，季延摩拳擦掌，笑道：「有趣！誰贏了這一文錢，明日拿根紅繩拴了，滿大街的叫說這是英睿都督在玉春樓裡輸的一文錢，保準名滿京城！」

京中子弟們哈哈大笑，皆道有趣！

暮青道：「誰想名滿京城，一起來！不過要先定個規矩。」

季延問：「什麼規矩？」

暮青道：「既然諸位都想跟我賭，不妨分組，我獨自一組，你們一組，押大小時你們商量著來。」

這規矩可不公平，若她贏了，便是以一贏眾；若她輸了，眾人分一文錢。但京中子弟貪玩兒，以小賭大本就不公平，誰還在乎以一賭眾？有人問道：「若都督輸了，這一文錢分給誰？」

暮青道：「拿劍劈開，一人一片。」

眾公子：「……」

季延笑得肚子疼，覺得暮青是個活寶。「行！待會兒贏了，我拿紅繩拴著銅錢碎兒到街上，說這是從英睿都督的一文錢上劈下來的，都督沒錢，只這一文，不夠輸，所以劈了。」

眾人哄笑，紛紛應了，催促開賭。

荷官不敢掃這些祖宗的興，只得搖盅，耍了幾個花式，博得了幾聲叫好後，將盅往賭桌上一放。

剛放下，暮青就將銅板往小上一押，她押得太快，眾人有點懵，見她買了小，只好掏出銀票往大上押。

押定離手，賭桌上一面是一個銅板，一面是十幾張大額銀票，差距大得讓荷官的眼皮子抽了抽，額上見了汗。

他是知道骰盅下的點數的——小！

聽聲就知大小，不然也當不起玉春樓的差事，現在有個問題擺在他面前——開，還是出千再開。

出千的法子多的是，最簡單的就是在開盅的一瞬碰色子一下。這手藝講究快，他是此道的高手，今晚卻不知要不要出千。若出，英睿都督就輸了，輸的這一文錢都不夠給玉春樓交利錢的。但若不出，公子們輸了，只怕不高興。

暮青看著荷官，手裡多了把刀。「看見這刀了嗎？大漠裡殺過不知多少胡人，剖人一隻手可是很鋒利的。」

荷官一驚，知道被人看穿了，只好乖乖開盅。

盅一開，京中子弟們頓時眼神發直，整個玉春樓都靜了。

雅間裡，步惜歡臨窗觀賭，低頭一笑——看她正直，坑起人來也是個狠角色。

賭桌前，季延叫：「運氣！蒙的！」

暮青撈起銀票數了數，默不作聲地收好。

季延率眾放下銀票，等著荷官再開局。

荷官見祖宗們未惱，不由鬆了口氣，開二局時花式耍得十分賣力，在眾人看得眼花繚亂之際，將骰盅往賭桌上一放。

暮青拿起銅板兒在大小之間遊走，荷官的眼神跟著銅錢飄來飄去，飄了幾回，見暮青的手停在大處，似乎要押大。

荷官面無表情，暮青的手忽然一晃，押小離手！

荷官瞪大眼，眾公子驚住，他們都還沒商量好！

暮青道：「你們太慢了，還是快些商量，好多開幾局，叫我多贏些銀子。」

「你剛剛不也猶豫押哪邊嗎？運氣好贏了一回，以為能贏一晚？」季延把銀票一劃拉，全都押大。「倒要看看你能不能贏！」

「開盅！」公子們催促荷官，荷官見暮青把小刀放在袖甲上磨，只好把眼一閉，把盅一開。

賭桌前半天沒聲音，直到暮青開始收銀票，季延才道：「你這小子還真有些運氣。」

暮青數著銀票，眸底隱有慧光——自然不是運氣，心理戰術罷了。

首先是荷官的心理。

第一局最險，她要在最短的時間內判斷出荷官的微表情。押小前，她看見荷官的眼微微睜大，顯露出吃驚的表情，便毫不猶豫地押了小。而方才那局，荷官會盼她輸，因為她頭局贏的銀子已夠給玉春樓分利；如若再贏，京中子弟們會不高興，所以她輸了皆大歡喜。當她要押大時，荷官面無表情——若押大會贏，荷官會震驚緊張，但他沒有，所以她又押了小。

再說京中子弟，讓他們一組，商量著押大小，本就是個陷阱。這些人當慣了主子，議事必定爭執不下，這段時間給她觀察荷官的表情足夠了。

季延連輸兩局，心跟被貓撓了似的，迫不及待地想再開局。

但，再開局就不好玩了。

運氣總是眷顧暮青，連開了七、八局後，氣氛凝重了起來。

「邪了！」季延端起了小公爺的架子，說道：「都聽好了，下局起，要麼小爺說了算，要麼別摻和！」

季延身分尊貴，沒人敢撤賭，連曹子安都不敢得罪他。季延拿出銀票往桌上一拍。「小爺就不信了！」

但是，不信不行，再來幾局，結果仍然一樣。

季延以為沒了吵嚷，憑他聽色的本事就能贏，但每回暮青都比他快。因為暮青贏得越多，荷官越盼她輸，神情就暴露得越明顯，她判斷的速度也就越快。

季延不服，銀票如紙片般往桌上放，賭桌被拍得啪啪響。

「小爺不信！」

「小爺……」

「爺……」

季延的手摸進懷裡，呃了一聲，不好意思說爺沒錢了。

季延不是第一個輸光的，在他著了魔似的叫賭時，早有人輸光了，連曹子安都沒錢了，所有人的銀票都進了暮青的口袋。

「接著來！」賭徒心性，季延竟還想賭。

「你拿什麼賭？」暮青問。

「賭這身衣袍！」

「我只對銀子感興趣，不要二手衣。」

季延沒聽過二手衣，但猜得到意思，大抵就是嫌棄這衣袍他穿過。他頓時氣得想跟暮青幹架，他堂堂小公爺，就是褻褲賞個人，領賞的人都得樂開花，居然有人嫌他？

「明晚你可敢再來？小爺帶足了銀票，和你好好賭一場！」

「好！」這回，暮青答應得痛快。

「那就說定了。」季延說罷，帶著一群公子哥兒氣沖沖地走了。

暮青揣著銀票上了樓，一進屋，便聽步惜歡笑道：「還以為妳會把他們的衣裳都贏回來。」

「還不到時候。」暮青把銀票放去桌上。「今晚才來了十幾人，我要看看京中有多少子弟會把衣袍輸光，那場面一定很壯觀。」

步惜歡的目光深了些。「妳想瞧的是各府的家底吧。」

暮青坐下，將銀票一張張的分開。銀票上蓋著銀號的大印，還有各府的小印，一看就知是哪家府上的，這些銀票並非都是千兩面額，其中有不少小額的。京中子弟好面子，瞧著懷裡揣著一遝銀票，其實只有幾張大額的裝門面，剩下的都是小額的。從銀票上一可看出這些子弟在家中的地位，二可一窺各府的家底。

這遝銀票裡數曹府的最多，總數近萬兩，季延等人的銀票加起來才三萬兩，可想而知曹府的底子有多厚。

暮青將銀票推給步惜歡。「一晚上就這麼多，真是尋常百姓想都不敢想的。」

這些銀子未必是京中子弟一夜的零花銀，也許是月例，也許是攢在身上充門面的，但也夠多了。

步惜歡淡淡地道：「士族門閥，累世公卿，家底自然厚實。妳今夜瞧見的這些人，日後可都是要為官的，妳瞧他們可是為官的料？」

「我瞧他們是撈錢的料。」暮青冷笑一聲，世家子弟入仕容易，哪怕是紈褲庶子，各府為了面子都會捐個官，謀個閒差吃一輩子的空餉。

士族制度弊端頗重，當官的不為社稷，憂國憂民的又不易為官，大興的官制已經到了必須改革的時候了。但步惜歡尚未親政，這話暮青便沒多說。

「上品無寒門，朝廷亟需選賢任能，只是時機未到。」步惜歡將銀票放去桌上，想法跟暮青不謀而合。「一晚上就贏了四萬多兩銀子，我倒想瞧瞧妳這幾日能贏多少。」

「那要看來的人有多少了，我怕沒人敢跟我賭。」暮青道。

這擔憂實屬多慮，貴族子弟好面子，既然應戰，必定會來。

次日，步惜歡三更就到了都督府，扮作月殺隨暮青走進玉春樓時，大堂裡已有三、四十人在等了。

雅間的門都開著，桌子搬了出來，眾人圍桌而坐，顯然是來看賭局的。

暮青愣了愣，因為她在人堆裡看見了元修。「你怎麼來了？」

「聽說妳賭技好，來瞧瞧。」元修擠出個笑來，這事他今早才聽說，覺得她來青樓應是為了查案，想起魯大說過她賭技甚佳，便隨季延來了。

暮青往樓上看了一眼，元修來了無妨，怎麼呼延昊也來了？

這段日子，五胡使節出行有朝臣作陪，呼延昊在此，即說明有朝臣在此。因為議和條件的事，雙方鬧得有些僵，胡人已幾日未出驛館，怎麼偏巧今日來了玉春樓？這可亂了她的計畫。

原本她以為百官近日定會在府中作帳，而季延等人輸了銀子定不敢張揚，此事至少能瞞三日，沒想到今夜就撞上了朝臣，看來這事瞞不住了，只能今晚就鬧場大的。

呼延昊望著暮青的神色，眉頭挑得老高。他們今晚一時興起來了玉春樓，聽說有賭局，卻打聽不出是和誰賭。大興貴族子弟的口風嚴得很，他起了興致，便在此等候，沒想到等來的人會是她。

大興的女子無趣得很，還是她合他的胃口，身為女子敢來青樓，還會賭錢？有趣！

「還以為你不來了。」這時，季延開了口，語氣古怪。昨晚圖新鮮，回過味兒來總覺得不對，這小子有御賜的田宅金銀，又沒娶妻，何事需用銀錢？既不缺錢，賭錢有何用意？

但後悔無用，銀子已經輸掉了，若被府裡知道，怕又是一頓家法，因此他一大早便將昨夜聚賭的人叫到望山樓，言明利害，讓他們不得張揚，今夜一定要把銀子贏回來。

他怕輸得難看，今早特意去宮門前等元大哥下早朝，約他同來，若贏不回銀子，便請元大哥說合，這小子總不會不給他面子。

「咱們換個方式賭，敢不敢？」季延挑釁道。

暮青見賭桌前放了兩把椅子，荷官不在，便猜出季延想和她單挑，於是坐下把昨夜贏的銀票拿了出來。「你想怎麼賭，說來聽聽。」

「你會聽色吧？」季延坐到暮青對面問。

「不會。」暮青會搖骰，她在國外時去賭場研究微表情，專門練過兩年，後來回國工作，顧霓裳教過她五花八門的出千技巧，在搖骰方面她是高手，聽色還差些火候。

「少來！」季延不信。「小爺就要跟你賭聽色！」

「怎麼賭？」

「我搖骰子，你聽大小，聽準了，小爺今晚帶的銀子就輸給你。聽不準，昨晚你贏的銀子就還回來。」

「行！」暮青應了。「但我不會聽色，小公爺想賭，我不想掃興，那麼——我陪你賭，你讓我猜，如何？」

「猜？」季延愣了。「怎麼猜？」

「一局讓我猜三次，以最後一次作準，輸便是輸，贏便是贏，如何？」

大堂裡頓時起了議論聲，賭錢確實很多時候要靠猜，但猜賭多沒面子？這人倒不嫌丟人。

呼延昊揚了揚眉，這女人的話能信？定然有詐！

元修默默地別開眼，不忍看季延，他會輸得連袍子都不剩的。

「行！」季延思索了一會兒，答應了。

暮青並不意外，季延提議聽色，必是精於此道，只要她同意賭，不是太出格的要求他都會應允。對待一個有強烈願望的人，滿足他的願望，再稍稍爭取變動規則，以達到對自己有利的目的，這是基本的心理操縱術。「開局吧。」

「好！」季延拿出一張千兩銀票。「你可聽仔細了。」

暮青找出一張蓋著鎮國公府小印的銀票推了出去，季延眼神一變，開始搖骰，沒一會兒便往賭桌上一放。

暮青像是真不懂聽色，思慮半晌才問：「小？」

周圍傳來笑聲，這樣的人昨夜竟然能贏？

「大？」暮青又問。

四周笑聲更大，暮青充耳不聞，只盯著季延。

季延面無表情，按著骰盅的手卻微微收緊，燭火照著他的眼，瞳孔隱隱張大了些。

暮青道：「大！」

季延微怔，問：「你確定？」

暮青道：「確不確定我都猜過三次了，這是說好的規矩，開吧！」

季延目光複雜，負氣地把骰盅丟去一邊，將銀票推給了暮青。

四周頓時靜了，隨即炸了鍋。「贏了？猜贏的？」

元修強忍笑意，他知道魯大當初那三千兩是怎麼輸的了。

「再來！」季延覺得古怪，這一局是運氣還是另有玄機，他要弄清楚。

「可以，不過這樣賭沒意思。」

「你又想怎樣？」

暮青將季延昨夜輸的銀票全數推出。「這裡這麼多人，不妨都來賭一賭，就拿我們兩人方才的輸贏開個局，三局兩勝。我輸了，銀子都還給你；我贏了，你今晚帶的銀子全歸我，如何？」

「聽著倒是刺激……行，小爺賭了！」季延心道：反正元大哥在此，貪汙撫恤銀的事又跟鎮國公府無關，有何可怕的？

季延答應得痛快，京中子弟們卻拿不定主意，昨夜輸的銀子沒人不想拿回來，可該賭誰贏呢？

賭周二蛋贏，怕季延不高興。

賭季延贏，但又覺得這閻王並非只是運氣好。

於是，不敢賭的退後，餘者一番壓注，押暮青的和押季延的各占半數。

賭局一開，季延耍了幾個花式，將骰盅一放。

暮青猶猶豫豫。「大？小？」

「到底是大還是小？」

「小！」

季延擰著眉頭問：「你確定？」

暮青道：「確定！」

季延聞言，還沒開盅，喜色就繃不住了。「哈哈！你猜錯了！」

他把骰盅一拿，胸中的沉鬱之氣頓散，好不舒暢！

大堂裡嗡的一聲，元修和呼延昊都愣了，他們是頭一回見暮青輸，無論在什麼事上。

唯獨扮作月殺的步惜歡低著頭，眸光隱動。

暮青道：「別忘了，三局兩勝。」

「小爺怕你？」季延來了精神，搖著骰盅往桌上一放。「猜！」

「大？」暮青似乎急著贏，只猜了一次就道：「開吧！」

季延過了半晌才把骰盅拿開，臉上沒了笑意——這局是暮青贏了。

最後一局，季延搖得格外用心，放下骰盅後瞄了一眼才道：「猜吧。」

暮青看起來也很慎重，用時格外長，許久後才道：「小！」

話音落下的一瞬，季延滿面紅光地跳起，大笑道：「小爺贏了！拿銀票來！」

押暮青的京中子弟們頓時臉色鐵青，今夜回府怕是要被打沒半條命。

呼延昊臉色陰沉，忽然下了樓。

元修面色一沉，往暮青身前一擋。

「本王送錢來的！」呼延昊冷笑一聲，將一只繡著黑鷹的荷包往桌上一丟，裡頭骨碌碌地滾出幾顆綠寶石珠子。

五胡盛產寶石，京中貴族頗愛，物以稀為貴，看這幾顆綠寶石的成色，莫說千金，就是萬金也值了。

呼延昊臉色陰沉地道：「沒錢賭了，本王給妳，不准輸給這小白臉！」

季延聞言，白臉噌的就成了紅臉，擼著袖子道：「說誰小白臉！」

「油頭粉面，不是小白臉是什麼？」

「小爺跟英睿都督賭錢，關外族人何事？」

元修抬袖一拂，將荷包掃向呼延昊，呼延昊反手一接。兩人的目光凌空相撞，一如鐵石，一如彎刀，沉重的，鋒利的，看得周圍人大氣都不敢出。

元修道：「英睿是我大興人，銀錢的事不勞狄王操心。」
呼延昊正待開口，暮青冷冷地道：「我看你們的眼神都不好使。」她手旁少說還有三萬兩銀子，他們是怎麼辦到無視這些銀票，口口聲聲說她沒錢的？
呼延昊哼道：「那也叫錢？」
暮青面色一寒。「想看就閉嘴，不想看就滾出去！」
元修閉嘴，呼延昊的眼神明擺著在說暮青不識好歹。
季延坐下道：「敢不敢把昨晚贏的都賭上？」
他已經把自己剛剛輸的贏回來了，做個順水人情幫幫酒肉朋友也不錯，只是呼延昊壞了他的心情，本想多玩幾局，如今一局定輸贏算了。
京中子弟聞言，紛紛站到了季延身後——這一次，沒人賭暮青贏。
季延得意地道：「我們這麼多人呢，你只有三萬兩銀子，不夠啊。」
元修道：「我這兒有。」
季延嘴角一抽，怎麼元大哥也摻和進來了？
暮青道：「我把聖上賜的宅子押上總夠了吧？」
季延愣了。「這不好吧？若輸了，你住哪兒？」
「隨便租個宅子就能住，反正練兵要住軍營，留著宅子用處也不大。」空口無憑，暮青喚了人來，當眾立了字據，說道：「開局吧。」
季延無奈地搖了搖頭，開始搖骰。
暮青猜了兩遍，最終道：「大！」
季延面色古怪，搖頭失笑。「看來你是真不會聽色，你昨晚是怎麼贏的？」
「你贏了，我就告訴你，別忘了還有兩局。提醒你，我押了宅子，你們押的也是全部身家，你可要好好搖。」暮青提醒道，季延得意忘形了，她是依據表情判斷大小的，他搖骰的準確性很重要，因此她有必要給他施加些心理暗示，他背負眾望，不容有失。
「不勞操心。」季延嘴上說著，下盅後卻先看了一眼。
暮青猜大，見季延的目光焦距鎖定，脖子僵硬，知他緊張，便直接道：
「大！開盅吧。」
眾人忙催促季延，季延把盅一移，氣氛便靜了——居然猜對了？
「無妨，上局也是最後定輸贏，小公爺不必放在心上。」有人安慰道。
但生死之局讓季延壓力頗重，最後一盅搖罷，他連看了兩次才道：「猜吧。」
暮青問：「大？」
季延打了個哈欠，似真似假地道：「不是大就是小，都督可要想好，猜錯了宅子就沒了。」

暮青卻不受影響，打哈欠說明他緊張。人有時打哈欠並不是因為睏，也有可能是因為緊張，因為打哈欠是一種深呼吸的方式，更多的氧氣可以讓人緩解緊張，於是她道：「宅子都賭上了，不妨加一碼。」

「都督還有什麼可加的？」

「賭衣裳。」

季延笑道：「賭衣裳不是不可，但我們人多，衣裳也多，都督就這一身衣裳，那可不行！」

暮青問：「你想如何？」

季延嘿嘿一笑。「你若輸了，得把褻褲留下！」

元修斥道：「胡鬧！」

呼延昊笑了，笑容有些猙獰。

步惜歡看了季延一眼，意味深長。

「行！」暮青一口應了。

元修猛地回身，呼延昊氣愣了，季延樂道：「都督爽快！」

「大！開盅吧！」暮青忽然便猜出了結果。

季延頓時笑不出來了。

呼延昊大笑道：「小白臉輸了！」

季延的臉頓時黑成鍋底，京中子弟們大驚。

元修道：「不敢開，我幫你。」

「誰說不敢？」季延受不得激，拿開骰盅道：「輸了就輸了！不就是一頓家法，一身衣裳？」

他倒成一條好漢了，京中子弟們卻面如死灰。

季延鬱悶地問：「你到底是怎麼贏的？」

暮青忙著收拾銀票，頭也沒抬。「你輸了，沒有權利知道。」

「但我總有權利知道你之前是不是故意輸的吧？」見暮青收拾銀票，季延才生出了古怪的念頭，這可是他們的全部身家！頭局以他們兩人的輸贏做賭，他們各占一半，假如這小子贏了，贏的不過是他手裡的銀兩。但他輸了，接著再賭，就沒人賭他贏了，那麼就又出現了昨晚的情形——他一個人賭他們所有人，且今晚更狠，只是一局，他就贏了所有人。

所以，他不得不懷疑，頭局是這小子故意輸的！

眾人面色一變，呼延昊縱聲大笑，她真的狡詐得像頭母狼！

元修呼出一口長氣——害他白擔心一場！

「你猜。」暮青將銀票往懷裡一塞，對季延等人道：「脫衣裳！」

季延苦哈哈地看向元修。「大哥……」

「願賭服輸。」元修知道季延想求什麼，但他也知道暮青絕非財迷，她八成是為了查撫恤銀案，事關軍中將士，他不能求情。

「可案子跟鎮國公府沒關係。」

「有關無關，查過才知。」暮青看了眼眾人。「若與撫恤銀案無關，銀票如數奉還！若是有關，那就對不住了。」

眾人原還不確定暮青來賭錢是為了查案，聽她把話挑明了，才確信捅了簍子。

暮青道：「把衣裳留下，你們可以走了。」

季延問：「真要這麼狠？」

「不狠，褻褲我不要。」

「好，你這小子……」季延氣得直喘。「能不能給留件大氅？這正月天兒的！」

暮青問：「你覺得光著身子染上風寒好，還是披著大氅回去，染不上風寒，卻要挨一頓家法好？」

季延一愣，京中子弟們的眼神一亮，都不再廢話，脫了衣裳，把錦袍往地上一摔，道：「走！」

這晚，一群貴族子弟穿著褻褲上了街，沒人肯進馬車，寧肯染上風寒也要在雪地裡跑，此事在多年以後仍被談起，引為盛京怪談。

這晚，元修送暮青回了府。

暮青道：「我明天不上朝，你就說我病了。」

她把事鬧那麼大，明日早朝必遭御史彈劾，還是稱病躲清淨為好。

元修笑道：「隨妳！明日下了朝我再來。」

外頭風急雪大，元修沒讓暮青相送，他一走，暮青和步惜歡便去了閣樓。

一進屋，暮青便道：「借你的人辦兩件事：第一，查查今晚回府的人裡誰被罰得重。第二，自從朝中下撥撫恤銀兩，哪些人的官升得快，尤其是縣官，他們是誰的門生要查清楚。」

朝中無人不知她在查貪汙案，與案子有關的朝臣得知此事後必定驚怒，誰家子弟罰得重，誰就心裡有鬼。

李本當初是在奉縣貪了撫恤銀後入朝為官的，依照大興的選官制度，入仕要有人舉薦，查出推舉人是誰，就能知道是誰收下了撫恤銀，一層一層地往上查，此案不難。

步惜歡了然於心，問道：「妳可要見見原奉縣知縣？」

暮青正要問此事：「人在何處？」

「天牢。」步惜歡的笑容耐人尋味。

「那他能活到現在真是奇蹟，你把人藏哪兒了？」

步惜歡笑了聲：「在大寒寺下的密牢裡，天牢裡的那人是假的。」

「大寒寺下有密牢？」

「此牢乃高祖皇帝時所建，關押的是前朝皇族，後來便成了關押密犯之地。」

「那天牢裡的人是誰？」

「死囚。」

「不會露餡兒？」

「放心，我有一式功法，可控人心神，只是未臻化境，施展此法耗神頗重，我舊疾未除，因此極少用。」

暮青聞言皺了眉。「離開奉縣那日，你舊疾復發，可是因為此事？」

步惜歡笑了笑，就知道說了此事便瞞不住她了。

暮青有些惱。「不過是個知縣，線索斷了，我自會去別處查，何需你做此事？」

「此案值得冒險。」

查清此案對軍心有助，再者，她對案子有多執著他早就領教過了，既然奉縣知縣是個線索，怎能容許斷了？

見暮青的眉頭皺得緊，步惜歡笑問：「關心我？」

暮青沒好氣地往帳中去了，步惜歡跟過去偷了個香才退出來，準備回宮。

暮青這才道：「我要見奉縣知縣。」

步惜歡應了。「上元節那日在府中等我，我帶妳出城。」

第三章

贈經夜訊

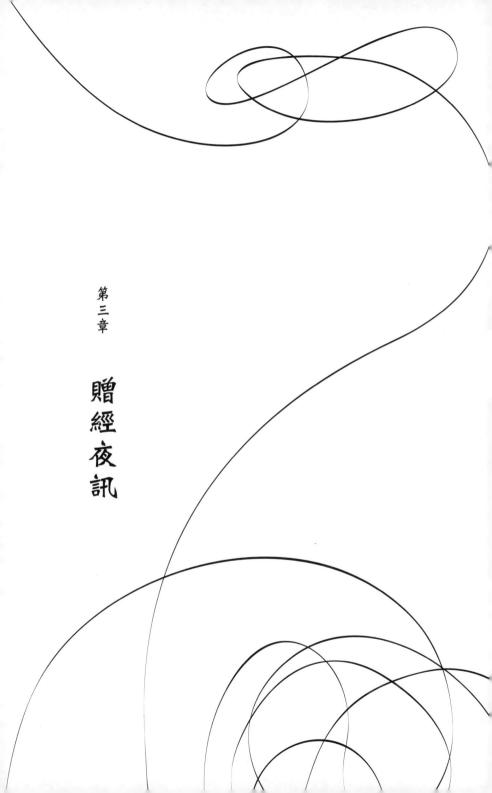

次日早朝，彈劾暮青的奏摺如同雪片一般，她稱病不朝不疼不癢，只等上元節。

上元節這日，宮中宴請五胡使節，暮青稱病不去，楊氏張羅著去買花燈添添喜氣，剛出府沒多久便折道而回，臉色甚是古怪。「陛下他……」

「步惜歡怎麼了？」暮青撂了醫書便出了府，見人都在往城門的方向擠，便策馬出了長街。

只見一隊華車駛進城來，四面彩帳，四角懸鈴，窗裡熏香嫋嫋，隱約可見人影綽綽，公子俊美。

暮青在街尾勒馬，愣怔無言。

……

元隆十九年，正月初一，太皇太后下懿旨為帝立后選妃。

正月十五，帝忽召行宮男妃回朝，寧寵男妃，不立后妃。

奉旨回朝的男妃皆是當年朝臣送入汴河行宮的人，其中有不受寵的庶子，有從民間買來的，時隔多年回京，一時無處安置，便安置回了朝臣府中。

這日，太皇太后沒有出席宮宴，聽說氣病了。

宮宴早早的散了，而都督府的後門，一輛不起眼的馬車往城外駛去。

馬車在內城北街一家古董鋪的後門口停下，暮青隨步惜歡進了院子，見廊下的燈籠上寫著榮字，小廝將兩人引到了庫房外便退了下去。

庫房內跪著名青年男子，青衫青帽，遮著容顏，似已等候多時。「主上到了城門處，自有人接應。」

男子稟罷，在青磚上叩了兩下，博古架後現出一間密室。

密室裡有條向下的石階，只容兩人並行。步惜歡緩步而行，步態優雅，好似腳下玉磚鋪路，眼前華殿高闊，又好似夜深空寂，他在廊下漫步，看盡人間富麗繁華。

暮青輕嘆，也就這人走條坑坑窪窪的黃泥路能走得這般悠閒。

「今兒城門口，戲看得可舒心？」

「你就不怕元敏一怒之下殺了這些男妃？」

「她不會，我召男妃回京，從行宮到盛京，一路上多少眼線，她會不知？她若不想男妃回京，這些人早死在路上了。男妃回京，天下人以為我荒淫不孝，元家更有理由廢帝。」

「所以，你就利用她的心思，把男妃召回京來了？」

那些男妃早死了，如今是隱衛在假扮。當年被送去監視步惜歡的公子們一朝回京，竟成了他安插在朝臣府中的眼線，一手棋局布了十年，可謂計之深遠。

「當年那些被虐殺的宮妃是怎麼回事？」暮青問。

步惜歡冷沉一笑。「那是元敏的手段。那時朝中還不盡是元黨，且我日漸長成，朝中漸有請君親政之聲，元敏下了道懿旨為我選妃，選妃是假，藉機試探朝臣心意是真，凡將女兒送入後宮的，皆被元家視為異黨。我自知不可生聯姻之心，否則便有性命之險，於是妃嬪入宮後，我便不聞不問。但她們還是死了，皆是我的近侍太監所為，滿朝文武以為是我所殺，朝中再無人願將女兒與我為妃，我只能自稱好男風，廣選俊美公子，年年下汴河。此舉令帝譽盡毀，卻因對廢帝之謀有利，元敏才不曾拘著我，只是暗地裡送了不少人到我身邊。」

「然後你就用十年的時間將人都換了。」

「她如今再為我選妃，是在對朝中做最後的清洗。」

「你與元家必有一場死爭，可想過如何待元修？」

元修一心為國，是世間少有的英雄兒郎。她欽佩他，不希望世間的爾虞我詐爭權奪利毀了這大好男兒。

但步惜歡與元家不死不休，而元修也必不會眼睜睜地看著父親姑母被誅。

步惜歡與元修難道註定成仇？

步惜歡沉默了，只牽著暮青的手前行。

暮青也沒再開口，她知道一法，但不忍心說——只有步惜歡軟禁元廣和元敏兄妹，他與元修才不會成仇。

但這太難為他，如同元敏辨不到不報殺子之仇，她辨不到不報殺父之仇，他們都是放不下親情仇恨之人，憑什麼要求步惜歡放下殺母之仇？

「青青。」步惜歡的聲音傳來時，暮青落後他半步，只能望見他的背影。「妳曾說在先帝與元家的恩怨裡，無辜的是我和九皇子，但這便是皇家子孫的命。我父王庸懦，本無繼位可能，我原本只會是恆王世子，可我入了宮。元修也一樣，他無謀朝奪位之心，卻不得不回來。我們皆有逃不開的枷鎖命數，日後如何，早有定數。」

暮青問道：「你信命？」

「不信。」他若信命，早就認命。「妳不想我與元修成仇，是嗎？」

步惜歡問得有些艱難，暮青實言道：「是，但我知道，不該強求你。」

步惜歡沉默了，帶著暮青在曲長的密道裡緩步而行，不知走了多久，他的掌心裡漸漸出了汗。暮青一直慢他半步，這個時候，她想他需要靜一靜，只是密道狹窄，她無法給他私人空間，只能落後半步。

也許，她應該放開他的手，讓他清淨一會兒，但不知為何，她沒有放開。這些年來，他處境艱難，一直孤身一人，她不想放開他的手，讓他一個人走。她知道孤身一人的滋味，有人相陪，總好過獨自前行。

不知走了多久，暮青抬頭時看見一道石階，機關在燈芯裡，步惜歡彈指滅了燭火，往燈芯下一按，頂上傳來重物挪開的聲音，上方是一座觀音廟，兩人上來後，觀音像便移回了原位。

步惜歡打開殿門，任衣袂在寒風裡獵獵舒捲，許久後才道：「好，那我便再與這命數搏一搏。」

暮青愣了愣，明明聽著那聲音頗淡，卻覺得那背影高偉如岸，月袖一拂，便替了天上明月。

兩人去了旁邊的禪室，禪桌上擺了兩套龍武衛的衣衫和兩張面具，兩人一番喬裝，出廟時已是龍武衛的模樣。

此廟離城門不遠，抬頭便能看見城樓，步惜歡帶著暮青在一條巷子的轉角處停下。等了一刻，一隊龍武衛從巷前走過，最後兩人在經過巷子時無聲無息地轉了進來。月色照見兩人的臉，竟與暮青和步惜歡所易容成的臉一模一樣。

兩人一進來，暮青便與步惜歡出了巷子跟在了那隊龍武衛後頭。

這隊人是去城門換崗的，一名偏將招呼他們去角樓裡吃酒，小隊長竟不覺得不妥，顯然夜裡常偷懶耍滑。

到了角樓裡，眾人喝酒划拳，一會兒便被藥倒了，偏將道：「主上需五更前回城。」

他將城門開了道縫，暮青和步惜歡出城後，一輛馬車從官道旁的林子裡出來，兩人上了馬車，直奔大寒寺。

大寒寺在半山腰，月色高懸，夜花如海。馬車停在桃花林裡的一扇小門前，車夫敲了五聲門，一名小沙彌向步惜歡和暮青一禮，領著兩人進了寺中。

寺門剛關上，遠處便來了一人。

步惜歡牽著暮青的手一緊，帶著她躲進了假山後。

小沙彌迎上前去，對來人道：「師叔……」

那人宣了聲佛號，對假山後道：「兩位施主，方丈有請。」

步惜歡蹙了蹙眉，走出問道：「敢問方丈大師如何知道我二人今夜來此？」

和尚一笑，禮道：「方丈大師說，貴客來訪，望請一見。」

貴客？請見？

這方丈能掐會算不成？

步惜歡面色微斂，說道：「有勞大師引路。」

和尚引路，步惜歡和暮青跟著到了一間禪室外。屋裡一燈如豆，一名老和尚靜坐在佛像前望向暮青，目光如寶燈，似能看透世間諸相。

「空相大師。」步惜歡施了一禮。

「阿彌陀佛。」佛號低沉，剎那間似有風自禪室裡空起。「老僧在此等候女施主多年，終於有緣一見，還望女施主入禪室一敘。」
暮青一驚，步惜歡眸光懾人，牽著她的手便入了禪室。
三人對面而坐，中間一几，一壺三盞，顯然是早就備好的。
步惜歡品著茶，暮青問道：「敢問大師如何知我身分，何謂等候多年？」
空相只笑不語，自方几下取出一方棋盤，棋盤上放著本棋譜，他將兩樣東西交給暮青，說道：「此乃女施主的外祖之物，他生前常與老僧論棋，羽化成仙後，老僧保管此物多年，如今遇到故友的後人，自要轉交。這本棋譜是老僧與故友生前所下，最後一譜乃是殘局。」
暮青聞言，心中疑問重重。
步惜歡問道：「敢問大師的故友可是無為道長？」
「道長？」暮青更懵了。
「我朝有一僧一道，僧乃空相大師，道乃無為道長。傳聞無為道長好棋，常與空相大師論棋。」步惜歡也頗為詫異，他委實沒有想到她會是無為道長的後人。
暮青搖頭道：「爹很少提起娘的母家，我只知外祖一族原是望族，十九年前因朝中爭鬥獲了罪，男子皆被處死，女子發落成了官奴。我外祖怎會是道人？」
「那是妳外祖一族，不是妳外祖。」步惜歡一語道破其中玄機。「若妳外祖真是無為道長，那他俗姓方，方家乃侯門府第，無為道長是武平侯的嫡次子，少年時便才華冠絕京城，卻一心向道，自號無為。他曾遊歷四海，多年後回京，帶了個女童，聲稱是他的骨血，卻不肯透露其母何人。侯府不容此女，他便將此女養在了京外別院，常來大寒寺與空相大師談經論道。因其才華冠絕京城，常有學子拜訪求學，他便將別院改成了書院，無為書院名滿天下，他仍以道長自居，久而久之，大興便有一僧一道之說了。」

「武平侯的爵位由嫡長子承襲，是三皇子一黨，三皇子被誅於宮宴，事後武平侯府被抄，男丁皆斬，女眷落入奴籍。無為道長被族事所累，書院被封，人也沒能逃過一劫，他的女兒也落入了奴籍。」當年的事，步惜歡有許多是這些年才知道的，沒想到暮青會與此事有關。

暮青本以為娘是官家千金，也沒想到會有這等身世。「大師如何知道我們今夜會來寺中？如何知道我的身分？又如何肯定我是無為道長的後人？」

空相笑道：「天機不可洩漏。」

暮青皺眉。

空相又道：「老僧有一話贈兩位施主——天下如棋，棋如蒼生，世間一日有下棋之人，一日便有赴死的蒼生。行棋者屠蒼生以爭天下，有時卻未必能收官，興許下到最後會是一盤殘局。」

「那請問大師，如何才可收官？」步惜歡眸光深邃懾人，似已知此言深意。

「老僧非行棋之人，施主才是，收官之事與其問老僧，不如問手中之子。」

手中之子？

子乃蒼生，問手中之子，即是問天下蒼生？

「阿彌陀佛。」空相宣了聲佛號，又從方几下拿出本書來，遞給暮青。「這本經書贈與女施主，望施主日後常誦讀。」

暮青接過來，見封上無字，不知是什麼經，裡面的字似是梵文，卻又不像，不由問道：「我看不懂，如何誦讀？」

「女施主與我佛有緣，定有一日能看得懂。」

「……」

「老僧今夜所贈之言，望兩位施主切莫相忘。」空相不肯明言，卻句句是囑咐，隨後便不再多留兩人。

暮青從禪室裡出來，抱著張棋盤，上頭摞著棋譜和經書，寒風呼呼的吹，臉色有些黑。

步惜歡瞧著好笑，接過來遞給了小沙彌，命他將這些送去寺外的馬車裡。

「走吧。」他們今晚還有要事需做。

暮青見步惜歡如此從容，不由佩服，問道：「剛才空相大師所言，你都聽懂了？」

「嗯？妳不懂？」步惜歡笑問。

「懂了一半。」後面的話，她還沒有頭緒。「經書有何深意，我還不懂。」

「總會懂的，如今不懂，只是時機未到。」步惜歡倒是心寬。

「我不懂他為何知道我們今夜會來，又是如何看出我的身分的。」暮青道。

「卜算出來的，我幼時隨娘來大寒寺上香時見過空相大師，那時他便年事已高，如今過去了近二十年，今晚見他竟還是當年模樣。」

暮青聞言，面色驚詫。

步惜歡道：「大寒寺乃國寺，方丈是得道高僧，空相大師的話還是信得好。」

「你可知空相大師高齡？」

「唔，少說百壽了。」

「……」

兩人說著，一路遠去，漸漸不見了身影。

禪室的門卻又開了，老和尚走到庭院樹下，矯健之態全然看不出已有百壽高齡。他抬頭望著月色星空，身後跟著的和尚也一同望月觀星。

「方丈總算等到今日了。」

「帝星齊聚盛京，命盤星動，離天下浩劫之日不遠了。」月色照著老和尚的臉，慈悲如水。

步惜歡帶著暮青到了大寒寺後的菩提塔，塔高九層，供奉著歷代高僧舍利，藏有經書萬卷，乃國寺重地。

然而，重地之下卻有座密牢，四面山石，不見天日。油燈嵌在石壁上，一間鐵牢裡鋪著稻草，奉縣知縣瑟縮其中，披頭散髮。

暮青問：「你想出去？我問你答，說一句謊話，你便會多留在這裡一個月。」

奉縣知縣已在崩潰邊緣，急忙點頭。

暮青問：「撫恤銀運抵後，你將其入帳，存入了哪家銀號？」

朝廷下發撫恤銀時一定會派人護送，走的是驛站，但知縣賄賂上官時必不會用現銀，一箱箱銀兩往府裡抬太過顯眼，他一定會用銀票。

「興隆銀號。」

「你賄賂過誰？」

「越州刺史秋大人、戶曹尚書曹大人、翰林院掌院學士胡大人。」

「你是誰的門生？」

「胡大人！胡大人曾是京外南麓書院的院長，我在南麓書院求過學。」

「那為何要賄賂越州刺史和戶曹尚書？」

步惜歡聞言，插嘴道：「越州刺史是上官，豈有不賄賂之理？戶曹往下撥銀子，若不討好，像奉縣這等地貧人疏的小縣，還不知能撥下多少銀子來。」

奉縣知縣忙點頭。

暮青遞給步惜歡一個眼刀。「問你了？」

知縣道：「陛下說的是，軍中需要多少撫恤銀是直接跟朝中說，而下撥多少是戶曹說了算，若不使銀子，數目定有苛減。」

「即是說，戶曹將銀子撥給你們，你們再將銀子孝敬回去？」暮青不知該怒還是該笑，這與洗錢無異。朝廷將撫恤銀發給地方，地方官將銀子化成銀票再孝敬回去，一來一去，官銀就變成了私銀，這些贓官為了貪國庫的銀子，還挺會費心思！

「你在奉縣任上幾年？」

「三年。」

「帳目可記得清？」年前在奉縣，御林衛清點了庫房，查抄的帳簿一看就是假帳，真帳簿沒找到，暮青斷定奉縣知縣給自己留了後路。

「此事有帳，下官將帳簿藏在了城外石橋下。橋東的橋墩下埋了只木匣子，裡面除了帳簿，還有與胡大人來往的書信。」

帳簿在意料之中，書信稍稍給了暮青驚喜。

「除了這些，你還能想起什麼來？」暮青問。

奉縣知縣搖頭道：「下官知道的都與將軍說了。」

他自回京就被關押在地牢裡，不知暮青任江北水師都督的事。

暮青道：「你必須再說出三件事來，不然此處會成為你的終老之地。我五更前需要回城，你還有半個時辰。」

所謂三件事，不過是引導手段。

或許奉縣知縣真的都招了，但那只是他認為的要事，有些事他認為沒用，未必就真的沒用，所以有必要逼他一逼。嫌犯壓力大，若想不起要事，必會拿無關緊要的來湊。這些事或許與案情無關，或許有助，暮青不知道，但她必須聽聽，問案要徹底。

奉縣知縣果然越急越想不出，只能挑無關緊要的湊數。「……押送撫恤銀兩的官差來後，縣衙會留飯，有一年宴席擺在青樓，一人酒後說奉縣地貧，上頭卻只瞧孝敬銀多少，別人孝敬得多，有了肥缺，上頭自不會想到下官頭上。」

「下官剛上任時將撫恤銀分作三份，送給了越州刺史秋大人、戶曹尚書曹大人和恩師胡大人，那時胡大人已任翰林院掌院學士，下官送去的銀兩最多，但恩師信中卻說謀朝中肥缺需銀兩打點，頗有嫌少的意思，下官忙又送了些去，恩師卻還是年年嫌少。這三年，送給恩師的銀兩足有朝中下撥的撫恤銀那麼多，打點秋大人和曹大人的銀兩都是從稅銀裡擠出來的。」

「將軍以為下官貪得多？下官原是想撈些，可哪知上峰是填不滿的無底洞？這三年，下官貪的銀兩全都拿來打點上官了，上頭催要銀子就像催命，下官上了這條船，就下不去了……下官能想到的，真的都說了，將軍若還不信，下官也無可奈何了……」

暮青面沉如水，一言不發地出了地牢，在塔裡尋到筆墨，坐在禪桌前道：「掌燈。」

話音落下，步惜歡已提了盞燈籠回來，就這麼用手提著為她照亮。

暮青道：「研墨。」

步惜歡連氣都懶得生，他一手提燈，一手研墨。暮青低頭疾書，片刻便寫好了供詞，除了沒提地牢，其餘半字不差。

她回去命奉縣知縣畫了押，承諾過些日子會有人來提他出去，便收起供詞與步惜歡出了地牢。

兩人原路返回，坐進馬車後，暮青問：「聽出什麼了？」

「此案有些耐人尋味。」馬車疾行，寒風撲著簾子，月光時不時地透進來，男子的眉宇忽明忽暗。「一個胡文孺能催要出朝中撥去奉縣的全部撫恤銀，奉縣打點別處的銀兩竟是另擠出來的。這只是奉縣，其餘州縣的撫恤銀都進了誰的兜裡，數目有多少？」

暮青道：「那就要看你的人能查些什麼回來了。」

馬車在離城門兩、三里處停了下來，步惜歡和暮青徒步回城，沿密道回了內城。

而後，一個回府，一個回宮。

◇

暮青回府時剛五更，劉黑子和石大海已在操練了，月殺領了訓練兩人的差事，而暮青沒歇多久就起來了。

元修下了朝趕來都督府，帶來了一個消息。

「奉縣知縣昨夜死在了天牢裡！」

暮青毫不意外，甚至覺得慢了。

「昨日聖上將男妃召回京中，宮宴亂糟糟的，奉縣知縣差不多就是那時死在天牢裡的。」

「驗過屍了？」

元修冷笑道：「盛京府裡的仵作驗的。人死在天牢裡，竟然一夜都沒人發現，今早才奏到了金殿上。百官說你有病在身不便驗屍，便召盛京府的仵作去天牢驗了屍。」

「仵作如何說？」

「說是因疾猝死。但人已死，無法診脈，所以不知何疾，仵作只說不是中毒，身上亦無傷痕，只可能是因疾猝死。」

「屍體在何處？」

「義莊。」

暮青揚了揚眉。「看來凶手挺有自信，確定我驗不出死因來。」

元修道：「他們也不敢處理屍體，否則豈不有此地無銀三百兩之嫌？我已命趙良義去義莊看著了，妳何時去驗屍？」

「現在。」

義莊在外城西街巷尾，屍體拿草席一捲就陳放在了偏堂。

義莊裡的老仵作正是進天牢驗屍的人，見元修和暮青來了，含笑相迎，說道：「小人家中自武德年間便在盛京府裡奉職，此人是猝死，小人絕不會驗錯。」

暮青掀開草席，見死者趴著，便去其衣褲官靴，見背上無斑，屍斑分布在胸腹和四肢，眼結膜有瘀血，說明人死時是趴著的。

暮青留意了一下死者的臉，趴著死亡，屍斑會出現在臉部，因面具極薄，而屍斑暗紅，竟能透面具而出，不仔細看還真不容易發現不對。

暮青道：「人死了六、七個時辰了，算算時間，確實是昨夜宮宴時死的。」

老仵作笑道：「都督是行家裡手，小人今晨也是如此說的。」

暮青摸了摸死者的頭頂，老仵作又道：「頭頂無釘。」

民間殺人常有將釘子釘入百會的，因有頭髮遮掩，不易被發現，經驗老到的仵作驗屍時都會查看顱頂。

死者顱頂無釘，身上無傷，的確像猝死。

暮青問：「你到天牢時，人就是趴著的？」

老仵作答：「是。人趴在床邊，臥於草席中，已經僵了。」

暮青聞言再無他話，起身告辭，出了義莊才道：「派人看緊屍身，明日朝上就說我驗過屍了，的確是猝死，可派人傳喚苦主，將屍身領回去安葬。」

這話有深意，元修想不通，只好照辦。

奉縣知縣的家眷在越州，僱輛馬車，最快要五、六日才能到。

三日後，隱衛將木匣子帶回來了，暮青將帳目和書信通讀過後，喚來月殺，連下數令。

又過了兩日，密查的結果擺在了面前，暮青在書房裡坐了半日，喚來月殺問：「奉縣知縣的家眷何時到京？」

「明日。」

「把朝服備好，明日我要上朝。」

第四章

剖屍查贓

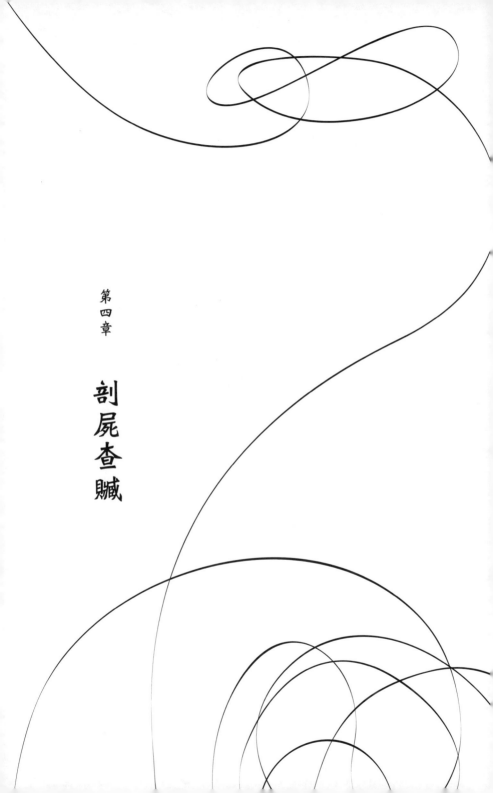

卯時，東華門外。

百官列隊進入宮門時，忽聞金戈鐵嘯之音從長街上傳來。只見天色未亮，宮門外燈火錦繡，一人馳到宮門口，馬未勒住人已躍下，少年眉如柳刀，寒凜逼人。

稱病數日的閻王爺來上朝了。

入得金殿，拜了帝王，暮青稟道：「啟奏陛下，西北軍撫恤銀案已經查清。」

百官驚詫，元廣問道：「哦？名單在何處？」

暮青道：「下官有名單，但不打算念，念出來人人喊冤，下官不想與人舌戰。」

「那妳想如何？」

「案子由下官來審，就從奉縣知縣之死審起，此人並非猝死。金殿上不便驗屍，下官奏請去刑曹公堂。」

大興尚未形成三法司制，不存在重案由刑曹評議，經大理寺覆核，由都察院監督的制度。刑案的審判執行之責皆在刑曹，職權甚重。

建國至今，刑曹大堂頭一回如此熱鬧，偏堂垂了簾子，帝駕入內觀審，百官列於左右，刑曹尚書林孟坐著堂，卻是個擺設——案子由暮青來審。

屍體已抬至公堂，老仵作也被傳喚到堂。

暮青道：「我驗屍，你寫屍單。」

那天暮青對死因明明無異議，卻忽然改口，老仵作直犯嘀咕，卻不敢問。他家中祖輩都是仵作，卻從未見過今日堂審的架勢。

暮青當堂為屍寬衣，見百官目光閃躲，不由說道：「諸位不看也行，待會兒查出死因，別說我暗中動了手腳。這麼多人瞧著，我可動不了手腳。」

這是她當眾驗屍的原因之一。

隨後，暮青拿出解剖刀，開始為死者剃髮。

老仵作一愣，他認得這套怪刀，是從江南暮家傳出來的。仵作在作為朝廷吏役的兩百餘年間分成了兩派，北派在京師，因刑曹司掌刑獄，北派仵作常年驗看大案，經驗豐富，故而在仵作行裡地位尊崇。十幾年前，江南出了個暮家，暮懷山一介縣衙仵作，卻沒有破不了的案子，讓唐家受了不少奚落，北派便漸漸視南派為仇。

老仵作望著暮青使刀的手法，心中正疑，忽聽暮青道：「驗！死者年紀四十有二，身長五尺二寸，右面、胸部、腹部、四肢前面見紫紅屍斑，眼結膜呈瘀血狀。剃髮後，顱頂未見火燒釘，眼口舌鼻及糞門處未見異物。」

老仵作忙寫屍單，儘管兩派積怨已深，但今日驗屍的可是正三品武將。

林孟問道：「都督說人非猝死，那就表明都督知道死因，那為何要剃髮？都督早知髮下無釘，不是嗎？」

「我不做多此一舉的事，待會兒諸位自會明白。」暮青賣著關子，說道：「想知道死因，需要剖屍。」

剖屍？

百官譁然，御史臉色青紅，但還沒來得及彈劾暮青，一道寒光便讓百官虛了眼。

暮青手起刀落，一刀剖了死者的胸腹。

盛京天寒，屍體在義莊裡用冰雪鎮著，但到底已經死了五天，皮開肉露之後，黃的、紫的扎入眼裡，就像肉放久了，再放便要臭了。

幾個御史剛張嘴就吸了口屍氣，紛紛奔出公堂。聽見嘔吐聲傳來，刑曹公堂上又有幾個文臣歪歪倒倒地奔了出去。

難聞的氣味飄入公堂，元廣端著茶盞的手捏得發青。

元修忍著笑，這招夠狠，直接叫人閉嘴。往後只怕叫百官開口，他們都不想張嘴了。

暮青在死者的鎖骨下劃了兩刀，與胸腹那刀一同看來，形同丫字形。隨後，她開始分離死者的胸肌，下刀既闊且準，刷刷幾刀，一面胸肌就剃好了。

身體髮膚受之父母，剖屍不道，但沒人出聲，公堂上陷入了死寂。待死者的胸腹腔一打開，那股味兒竄出，有個文官撒腿就往外奔，人被門檻絆倒，扶著門框就吐了。

衙役趕緊來收拾，看見堂上的情形，也嚇軟了腿。

「死者的臟器還算新鮮，組織觀之正常。」說話間，暮青將胸肋拿開，取下人心托在了手上瞧了會兒，挑了把尖刀在心上切了個十字，拿鑷子伸進刀口裡，少頃，取出鑷子，上頭夾著根兩寸長針，粗似繡花針。

見者無不瞪圓了眼！

暮青道：「這就是死因。」

元修問：「人是被針刺中心脈而死的？」

「沒錯，此針就是凶器。」暮青將心臟還了回去。

「妳怎知此處有根針？」元修不解。

「因為世上沒有完美的罪案，只要認真聽，就能聽懂死者之言。死者看似是猝死，他的衣袍卻告訴我，他是被人謀害的。」暮青說話間將死者的中衣一展，問道：「看見什麼了嗎？」

元修定睛一瞧，見暮青指著衣衫上的一個小黑點兒。

暮青道：「這是血，針入肉後，血沾在衣衫上，乾了之後留下的。」

她將衣衫往屍體上一搭，把那開膛破肚的慘相遮了，百官這才敢瞧，只見血點子正在心口處，比豆粒兒還小。

暮青吩咐衙役取布蓋住屍體，而後將衣衫收為物證，說道：「屍檢與物檢同重，數日前，我去義莊驗屍，為死者寬衣時就看見這血點子了。因為死者胸前的屍斑遮了針孔，故而傷痕很難驗出，但在衣衫上留下的罪證只要心細就不難發現。」

這話說得容易，可膽大到剖屍取心，又心細到連針眼兒都能發現的人，世間能有幾人？

元修問：「妳那日為何不說？」

「說了無用，人沒到齊，好戲如何開演？」暮青看向老仵作，問道：「你說是不是？」

老仵作一驚，筆啪的掉落在地！

暮青問：「說吧，誰向你取過經，問過殺人不露痕跡之法？」

老仵作撲通跪下，口齒不清地道：「沒、沒……」

暮青冷笑道：「沒？我驗屍，別人看不出門道來，你呢？我且問你，我剖屍前做了何事？」

「……剃髮。」老仵作答。

「那你知道何處露了馬腳了吧？」暮青問罷，對元修道：「我那日在義莊驗屍時，剛摸死者的顱頂，仵作就說『小人驗過了，頭頂無釘。』但我剛剛是如何驗頭頂的？火燒釘釘入之處，因血肉被高熱封住，血不流出，傷痕難見，故而要剃髮方能驗看。那麼，死者尚未剃髮，仵作是如何驗出頭頂無釘的？」

元修看向老仵作，老仵作面白如紙。

暮青道：「我很好奇，你明知我是仵作，竟敢說死者是猝死。猝死的誘因很多，心臟性的、中風性的、肺源性的、噎食性的，發病後即刻或半個時辰內，至多不超過三個時辰的，可以稱為猝死。猝死者死前多發昏厥和抽搐，也有在睡夢中死去的。我問過你，你說人趴在床邊，臥於草席中，那便可以排除人是在夢中死去的。既非夢中死去，死者必有痛苦，其神態行為必會有所反映，所以當你說人是猝死時，至少忽略了三點——死者的神態、動作及體位。」

「猝死前多有徵兆，如心口悶痛、呼吸困難、心悸疲乏，猝死時多發昏厥抽搐，隨後呼吸減慢，心音心脈消失，皮膚紫紺，瞳孔散大，這表明猝死是有過程的。有過程就有痛苦，有痛苦就會有痛苦的神情舉止。若有抽搐，死者的手會呈爪狀，抓撓心口，心口會留下瘀痕，臉上會有痛苦之色，死後可能有局部痙攣，但這些我都沒在屍體上看到。」

「你可以說人死前就昏厥了，那體位就不對了。人死時趴在床邊，而不是躺在床上，說明人死前沒有上床睡覺，他是清醒的。一個清醒的人忽然昏厥，會有幾種倒地的方式？前後左右！他要麼栽倒，要麼仰倒，要麼往左右摔。」

「栽倒則面部朝下，口鼻會磕破流血，手臂手肘會有瘀傷；仰倒則後顱著地，後顱會磕破流血，或有瘀傷腫塊；往左右摔倒同理，死者的一側是床，他要麼趴在床上，要麼倒在另一側，那一側的胯部和臂膀就會有瘀傷。」

元修看向屍體，暮青問：「死者的口鼻磕破了嗎？口鼻未破，手臂、手肘不見瘀傷，人死時怎麼會是趴著的？」

老仵作仰著頭，堂外冬日半升，少年立在清淺的天光裡，相貌平平，卻宛若神祇。

「我可以告訴你，死者的後腦有瘀腫。」暮青說罷，將屍身縫合後才將死者翻了過來，死者後顱果真有塊瘀腫，她按著瘀處道：「人未死或剛死時，血脈流動，磕了會有瘀，破了會流血，不剃髮難以驗出。顯然，死者被飛針射殺後是仰倒的，那麼他為何會趴著？飛針殺人不同於用刀，凶手隔著牢門就能殺人，殺人後，凶手為何不離去，反而要打開牢門，進入牢內，將死者翻過來？只有一個可能——凶手想掩蓋殺人手法！人死後，血液止流，沉積在血管下方而形成屍斑，仰臥屍的屍斑會出現在背、腰、臀部及四肢後方，俯臥屍的屍斑會分布於面部、胸腹和四肢前方。凶手飛針殺人，只有死者趴著，屍斑在胸前，才可以遮掩針孔。」

暮青道破玄機，凶手應是怕她驗出死因來，因此才煞費苦心地遮掩罪行。暮青看著老仵作，目光威凜。「有人指導過凶手，此人除了仵作，我想不出其他人，恰巧你未剃髮就能驗出頭頂無釘，所以你就是那個幫凶。說吧，主謀是誰？」

老仵作顫如落葉，欲辯無詞。

元修失了耐性，將人提至公堂門口，往青階下一扔，喝道：「來人！」

親兵聞令列隊，腰挎長刀，目光煞人。

「此人夥同贓官殺人滅口，致軍中撫恤銀兩下落難查！你等即刻綁了他的家眷，快馬送去關外，如遇胡人，不得相救！」元修撂下人，拂袖便回。

親兵們將人扠起就走，老仵作一路驚號，蹬掉了官靴，才被拖出半條街，腳趾頭便磨得血肉模糊，終因受不住而喊：「我說！我說！」

親兵們不理人，直到聽見有人前來傳令，才將人拖回了公堂。人被拎出去時還好好的，回來就慘成這般，百官屏息垂首，大氣也不敢喘一口。

元修道：「說！」

老仵作道：「我說！我說……那人、那人是胡大人府上的！」

胡文孺大驚，斥道：「放肆！你敢誣蔑本官？」

暮青淡淡地道：「他只說人是胡大人府上的，可沒指名道姓說是哪位胡大人。」

胡文孺聞言，怒容未去，驚色又顯。

老仵作道：「那人面生，但他的荷包上繡著胡府的家紋。」

暮青問：「他哪日找的你？」

「初十。」

「為何記得清？」

「那日下差，小人回家途中經過酒肆時被一個小廝拉了進去，說要請吃酒。仵作晦氣，但凡有人請吃酒，必與案子有關。那小廝尋常打扮，瞧不出是哪家府上的，小人便想了想最近有何案子，因此記得日子。」

「哪家酒肆？」

「城西醉桃仙酒家。」

「你們說了什麼？」

「東拉西扯。那小廝說他有個江湖朋友，有一手飛針殺人的好本事，犯案無數，官府每每查不出死因。小人便道那是仵作眼力不成，飛針入體，哪怕有個血點兒，也是能瞧出來的。小廝聽後拿出銀子，請小人支個高招，小人便說殺人後將屍體翻過來，人死透了，胸前的紫斑生出便會遮住針孔，很難驗出。」
「你方才說，瞧見他的荷包上繡著胡府的家紋？」
「正是！小廝拿銀子時，荷包上繡著胡府的家紋，一角還繡著個胡字。小人不知胡府要殺的是奉縣知縣，只是一時貪財，直到去天牢驗屍時才發現闖了大禍。」
「你是貪財，但恐怕不是一時，平時收錢替人遮掩罪行之事怕沒少做。」暮青冷笑著回身道：「將胡姓朝臣府上的小廝都傳來，要穿尋常衣衫，配荷包。」
一個多時辰後，人來齊了，一個一個的走進公堂供老仵作辨認，老仵作覺得不像便搖搖頭，如此認了三、四十人，正當百官心急時，一個青衫小廝被領了進來。
小廝一見老仵作便慌忙低頭，他越躲閃，老仵作看得越仔細，小廝避無可避之下，暗暗地瞪了老仵作一眼。
老仵作拿手一指。「是他！肯定是他！」
小廝大驚，胡文儒的臉色頓時白了。
暮青又命人將各府的荷包呈來，荷包在托盤裡擺開，角上都繡著胡字，只是花紋不同，老仵作指向其中一個。
暮青命人將小廝身上的荷包取出，與老仵作指認的荷包一對，樣式相同，正是胡文孺府上的。

百官看向胡文孺，胡文孺的臉色已不似人色。

暮青從懷中取出一本帳冊和一遝書信來，說道：「也許胡大人還有話可說，但看見這些，想來你就會無話可說了。」

百官蜂議，胡文孺大駭！

元修問：「哪來的？」

暮青道：「奉縣的。」

胡文孺驚極，奉縣知縣被革職查辦後，御林衛只抄出十萬兩銀票，未見帳冊和書信。他心知奉縣將要緊之物藏了起來，於是才將人滅口，令帳冊和書信永遠成為祕密，委實沒料到會被查出。

元修也很疑惑，人被收押後，暮青未去見過，為何知道證物藏在何處？

暮青將書信和帳冊遞給元修，說道：「這些是奉縣知縣在任期間與朝中來往的書信，與他通信的正是胡大人。你瞧瞧，每封信都是催銀子的，帳冊裡記著的是與翰林院掌院、越州刺史和戶曹尚書往來的銀兩數目，朝中每年撥了多少銀兩，奉縣給上峰孝敬了多少，筆筆皆在！」

戶曹尚書正在公堂上，聽聞此言，臉色不比胡文孺好看。

元修意味深長地看了暮青一眼，帳冊和書信的來路，暮青沒打算瞞元修，只是此時不能明說。兩人的目光一撞，他眼底的疑色和她眼底的坦然相遇，令他一怔，隨即便低頭閱起了帳目。

元修越看面色越沉，泛黃的紙頁如一把把鏽跡斑斑的老刀，不知割著誰的心。

朝廷每年撥給奉縣的撫恤銀都進了胡文孺的口袋，去年奉縣孝敬給胡文孺的銀子甚至超過了朝中撥下的撫恤銀數目。而奉縣孝敬給越州刺史和戶曹的銀子都在撫恤數目之外，可見百姓繳納的苛捐之重。

越州毗鄰西北，幾乎家家有從軍的兒郎，這些兒郎為國捐軀，家眷非但拿不到撫恤銀，還得繳納苛捐，百姓的日子有多難？有多少為國捐軀的兒郎，爹娘老無可養，遺孀孤弱無助，吃糠噎菜以養貪官？

「帳本侯爺一時半刻看不完，不如且看著。」暮青掃了眼百官，寒聲道：「西北軍撫恤銀兩貪汙案，經查，實是洗錢案。朝廷下撥的銀兩押運到奉縣，奉縣知縣將銀兩存入銀號換成銀票，胡文孺拿著銀票將銀子從銀號裡轉走——倒了個手，官銀就成了私銀。這三年裡，奉縣百姓沒有收到朝廷撥下的一錢銀子，而奉縣知縣孝敬給胡大人的銀兩已超過了朝廷下撥的撫恤銀數目。」

百官聞言吸了口氣，銀子一層層的往下撥，難免有中飽私囊的，但沒見過能把銀子全貪了的，胡文孺有此膽量？他背後之人可是……

當年，元修一戰成名，奏表請朝廷下發撫恤銀，元相國當即便允了。自那年起，朝廷年年下發撫恤銀，足有八年了，國庫有一半的銀子是撥給西北軍的錢糧撫恤。

當爹的一邊給兒子撥銀子，一邊將銀子洗成私銀，還能收回額外的孝敬，這誰能想到？更讓人不解的是，既然此案是元家的手筆，為何要讓人查？

百官瞄向元廣，元廣一言不發。

胡文孺問：「都督怎知帳冊真偽？又怎知書信不是有人模仿本官的字跡？」

暮青早有所料，取出一遝銀票說道：「胡大人從興隆銀號取出的銀票在此，總數對得上，帳冊還能有假？」

百官見了，眼皮子直跳，誰也不知那遝銀票裡有多少是自家的，又會被拿來作何文章。

「這是胡公子在玉春樓裡輸給我的，足有一萬兩！」暮青翻出二十來張銀票，指著票面上的大印道：「這些銀票上有恆通銀號的大印和胡府的私印，我想，有能耐把官銀洗成私銀的人不會傻到將銀子存在一家銀號裡，奉縣知縣將撫恤銀化成銀票存進了興隆銀號，胡大人不可能任由銀子在裡面放著，理應取出藏好或存入別家銀號。有了胡府的私印，想查出胡大人在盛京哪家銀號存有銀兩，實在是易如反掌。」

這才是她去賭錢的意圖，她要的是銀票上的私印！

「我命人刻了胡府的私印，扮作管家到恆通銀號查帳，恆通銀號是胡大人存放家銀之所，撫恤銀沒存到那裡，我在京城的一家小錢莊裡查到了這筆銀兩的下落。」暮青喚來月殺，要出一本帳冊，封上的字跡老舊——升昌。

內城的銀號、錢莊、當鋪的掌櫃皆與朝中沾親帶故，沒這層關係，文武百官不放心將錢存進去。而升昌錢莊在外城，接的是商號的生意，這正是胡文孺的高明之處，誰會想到這麼重要的一筆銀兩，他會存到外城的小錢莊裡？

暮青道：「想要藏屍，最好的辦法是把屍體藏進別人的墳裡。同理，想藏銀子，最好的辦法就是把銀子藏進錢莊。」

暮青拿到木匣後就猜到銀兩在外城了，因為元廣不會沾手，撫恤銀很可能由胡文孺保管著，如若有失，也可以由胡文孺擔著，而元廣至多是「被蒙蔽」了。

胡文孺藏銀子有三個選擇，一是把銀票藏在家中、別院或埋於別處；二是把銀票兌成銀子，建一座藏銀子的庫房；三是將銀子存在錢莊。

第一種不成立，因為元家要起事，太平盛世時銀票管用，戰時唯有現銀好使。

第二種有可能，但把銀子從錢莊裡運入庫房不僅耗費人力，還極易惹眼。

第三種最方便，雖然一旦出事容易被查，但誰敢查元家？此案若非在奉縣時偶然被揭，恐怕元修永遠不會知情，既如此，銀子為何不放在最方便之所？

這錢莊不可能是用來洗錢的興隆銀號，也不可能是存放胡府家銀的恆通銀號，最可能是第三家銀號。這家銀號一定在外城，因為元家要起事，銀子在外城用起來方便。

因此，暮青派月殺查遍了外城的錢莊，查到升昌錢莊夜裡有人出入，正是胡府的管家。隱衛拿著刻好的私章，易容成胡府管家夜訪錢莊，聲稱近來風聲緊，要取回帳本保管，帳本就這麼到手了。

暮青問元修：「你是西北軍的主帥，朝中每年下撥的撫恤銀數目都會報給你，總數有多少？」

元修道：「五百八十七萬兩。」

「帳冊裡的數目足有八百多萬兩。」暮青邊說邊翻到帳本裡折好的幾頁，當眾開念！

「元隆十六年三月初三，入十萬兩！」

「元隆十六年五月十五，入五萬兩！」

念罷，她向月殺一伸手。「帳本！」

百官一驚！怎麼又有帳本？

帳冊封皮上寫著「興隆」二字，赫然是興隆銀號的帳冊，暮青翻到折好之處，又念：

「元隆十六年三月初三，出帳十萬兩，上蓋胡府私印！」

「元隆十六年五月十五，出帳五萬兩，上蓋胡府私印！」

念罷，暮青合上帳冊，又將奉縣的帳冊一翻，再念：

「元隆十六年二月二十，朝廷撥西北軍撫恤銀兩十五萬兩！」

「元隆十六年二月二十七，獻恩師胡文孺十萬兩！」

「元隆十六年五月十日，獻恩師胡文孺五萬兩！」

堂上鴉雀無聲，三本帳冊——奉縣的、興隆銀號的、升昌錢莊的，雖是倒著念的，但出入帳的日子和數目全都對得上。奉縣到盛京的路程有五、六日，奉縣知縣孝敬胡文孺的日子和胡文孺去興隆銀號取銀的日子正好相差五日。

暮青看向胡文孺，問道：「胡大人還有何話可說？」

元廣端著茶盞，盞蓋碰著盞沿兒，喀喀作響。

堂內寂靜，似等著一場暴風雨。

少頃，元廣忽然將茶盞狠狠地往胡文孺身上一擲，怒道：「你幹的好事！」

茶盞碎開，胡文孺撲通跪倒，朝服下血色殷紅。「相爺，下官冤枉！」

他辦事從未出過差錯，沒想到相爺會命人查察此案。他猜三個月太短，相爺認為周二蛋不可能破案，所以才讓他查案，意圖磨磨他的稜角，卻沒料到還不到半個月，此案就水落石出。

他自知絕不能說此案與相府有關，侯爺是相爺之子，不可能弒父，最終倒楣的只會是胡家。唯有護著相府，胡家才不會禍及滿門。

於是，胡文孺道：「相爺不可聽信武夫片面之言，即便三本帳簿對得上，焉知不是一起作的偽？英睿都督拿出的不過是物證，沒有口供，下官不認！」

三本帳冊一起作偽，這簡直是強詞奪理，奉縣知縣已死，哪會有口供？

「有！」暮青卻往衣襟裡一摸，摸出幾張紙來一抖。

元修定睛一瞧，震驚地看向暮青。「口供從何處得來的？」

「回京途中。」暮青道，話是說給百官聽的，她當堂念道：「下官剛上任時將撫恤銀分作三份，送給了越州刺史秋大人、戶曹尚書曹大人和恩師胡大人，那時胡大人已任翰林院掌院學士，下官送去的銀兩自是最多，但恩師信中卻說謀肥缺需銀兩打點，頗有嫌少的意思，下官忙又送了些去，恩師卻還是年年嫌少。這三年，送給恩師的銀兩足有朝中下撥的撫恤銀那麼多，打點秋大人和曹大人的銀兩都是從稅銀裡擠出來的。」

胡文孺面白如紙，目光不似人色。「假的！」

「口供上有奉縣知縣的親筆畫押。」

「偽造！都督既能尋人刻出本官的私印來，尋個人模仿筆跡畫押也是易事。」元修怒道：「私印是偽造的，口供是仿寫的，你怎不說地上的屍體也是找人假扮的？事已至此，竟還敢抵賴！」

胡文孺冷笑道：「那也得英睿都督有此本事才行。」

暮青沉默了，屍體的確是假的，但她不能說。若說了，要答的事便多了——地上陳屍何人，何時被換，面具從何處而來，奉縣知縣又被關在何處？

步惜歡處境艱險，若暴露於此，處境會更險。

其實，奉縣知縣已被送入城中，親眷也已進城，她卻顧慮重重，不敢傳上來。

案子都已審到這兒了，難道真辦不了這些贓官嗎？

這時，偏堂簾內忽然傳出一道慵懶的聲音：「若是朕有此本事呢？」

暮青猛地抬頭，見步惜歡挑簾行出，大堂高闊，肅穆莊嚴，男子紅袖舒捲，若攏了朝霞日光，明麗逼人。他直往堂上行去，林孟慌忙相讓，步惜歡坐下後望著堂外道：「傳！」

御林衛得令而出，片刻後，一輛馬車在刑曹外停下，車上下來一人，腳拴重鍊，肩戴枷鎖。

百官張著嘴，元廣猛地站了起來！

元修道：「奉縣知縣？」

奉縣知縣顫巍巍地跪到堂上，說道：「罪臣奉縣知縣張左，參見吾皇，萬歲萬萬歲！」

「張左？」元廣望向龍顏，問道：「敢問陛下這是演那一齣？」

「相國看不出？這才是奉縣知縣。」步惜歡看向奉縣知縣，目光懾人。

奉縣知縣忙道：「正是罪臣！」

百官譁然，看看奉縣知縣，再看看地上的死者，兩張一模一樣的臉，除了死活，分不出真假。

「撫恤銀案關係軍心，奉縣知縣被押回朝中，朕料到有人會動殺心，因此半路將人換成了死囚，關在外城一座宅子裡。」步惜歡笑著打趣暮青。「愛卿精於驗屍，竟也沒驗出死者戴了人皮面具，可見朕的面具還拿得出手。」

元廣看向暮青，見她望著皇帝，震驚之色未經掩飾，不似演戲，看樣子是真被蒙在鼓裡。

「愛卿不妨瞧瞧，死者是否戴著面具。」步惜歡笑道，物證、口供、人證俱在，她竟不傳人證，平日雷厲風行，今日竟這般傻。

但……他很歡喜。

暮青難以邁步，案子今日結不了，再尋證據就是，何需他以身犯險？

「愛卿是從未出過差錯，今兒驗漏了一處，不敢看？」步惜歡笑問。

去吧，揭了這張臉皮，便是揭了元廣的臉，揭了貪官酷吏的臉！

她願天下無冤，他何嘗不願吏治清明？

暮青看著步惜歡的笑臉，恨不得一拳打過去！

步惜歡笑意更深，她越惱羞成怒，元廣的疑心越輕，江北水師才不會從她手裡收回來。

比修養，暮青永遠是輸的那一個。半晌後，她邁向屍體，抬手一揭！

這一揭，揭得果斷，揭出了幾分凌厲，幾分決意。

今日之難，她記住了！

今日之後，她定要走向高處，與他同擔人世艱險朝堂詭祕，終有一日要這天下無冤，吏治清明！

人死了五日，臉皮與面具黏在了一起，暮青一扯面具，死者的臉皮生生被扯下一塊，但尚能辨清容貌。只見死者面龐削瘦，與奉縣知縣的確有幾分相像。

「假的？假的！」胡文孺指著屍體，又指向奉縣知縣，不知說誰假，神態像是被嚇出了失心瘋。

「你裝！」暮青厲喝一聲，揚手便將胡府的私印砸向胡文孺的腦門兒。

胡文孺跌倒，碎瓷扎入掌心，疼得他叫著竄起，醜態盡出，也露了餡兒。

「失心瘋者，狂言亂語，你倒是瘋了還會質疑人證有假！」暮青戳破胡文孺的把戲，對御林衛道：「帶奉縣知縣的家眷！」

奉縣知縣一家八口都被接來了盛京，原本聽說人死了，到了堂上見到人，一家老少頓時哭作一團。

暮青問一老婦道：「老婦何人，報上名來！」

老婦哭道：「妾身何氏，原奉縣知縣之母。」

「面前之人可是妳兒子？」

「是。」

「何以如此肯定？」

「我兒右肩處有顆黑痣。」

「驗！」暮青喝道。

御林衛拉開奉縣知縣的家眷，拆了枷，扒了衣，果見他右肩頭生著顆黑痣。

暮青走到屍旁，將白布一掀，死者的右肩除了屍斑，並無黑痣。

誰是奉縣知縣，真假立辨。

暮青命御林衛將家眷帶下，問胡文孺：「人證、物證、口供皆在，你還有何話說？」

胡文孺癱坐在地，啞口難辯。

「你幹的好事！」元廣不奏請聖意就對林孟道：「胡文孺貪汙西北軍撫恤銀，罪證確鑿，即刻收押天牢，依律定罪！」

「慢！」暮青取出一張名單，張口就念：「戶曹尚書曹學，有帳為證，我懷疑凡朝廷經由戶曹發下的賑災銀、撫恤銀，曹尚書都收受過賄賂。」

曹學欲辯，暮青抬手將一物砸來，正是曹家的私印。

暮青怒問：「你以為你庶子的銀票我是白贏的？你若想說和嘉興的帳查不出問題，那趁早閉嘴，查不出問題才是問題！和嘉興錢莊是謝家的產業，謝家女是你的寵妾，這些年來你利用和嘉興錢莊收受賄賂，帳目作進了謝家經商的帳裡，你自以為作得乾淨漂亮，卻不知商家各有私帳，帳面太乾淨的多是假帳。」

暮青回身道：「衙差聽令！查封曹府及曹家的別院莊子以及和嘉興錢莊，等候查抄點帳！」

曹學兩眼一翻，就要暈倒。

「大鴻臚范高陽！」

「御史劉淮！」

「光祿丞呂良海！」

「諫議大夫侯田！」

「大司農史光科！」

「大司農丞魏濤！」

「武庫令馬友晉！」

「右京府都尉謝衛廷！」

「龍武衛撫軍劉漢！」

暮青一連念了九人的名字，有文有武，其中范高陽、劉淮和侯田都是當初朝中派往邊關的議和之臣。步惜歡在奉縣大赦之時，這幾人反對得厲害，當時暮青就知此案必與幾人有關，如今一查，果不其然。

見九人面色大變，暮青道：「不要以為燒了來往信件，此案就查不到你們身上。凡是下撥撫恤銀兩的州縣官吏多是你們的門生，我已查過那些州縣的錢莊銀號和京師的分號，現在要查封你們的府邸、別院、田莊以及涉案錢莊，查抄點帳。」

暮青將單子交給月殺，說道：「一家一家的封！」

衙役只覺得暮青不要命，點的朝官一個比一個品級大，這些人的府邸若都被查封了，盛京城可要炸了天。

御林衛將人拖出公堂，范高陽位列九卿，何曾受過這等屈辱，高聲罵道：「周二蛋！你個村野匹夫！小小都督敢查封范府，你真以為能判得了老夫？老夫與你不死不休！村野匹夫，村野匹夫——」

罵聲漸遠，堂中靜得落針可聞。

一道袖風颭去，元修出了大堂，衣袂獵獵如刀，似要殺人放血。「誰說判不了？判不了，我殺之！」

元廣聞言面色一寒，元修已出了刑曹。

黑雲壓城而來，寒冬正月，暴雪欲來。

暮青跟了出去，見元修立在衙門口，風扯起他的髮，潑墨一般，肅厲凌天。

暮青道：「此案幕後之人是誰，想必你心裡清楚，他老謀深算，從未沾手此事，我沒能查到證據。」

此案最受傷害的無疑是元修，但他是西北軍主帥，該回稟的還是要回稟，暮青只是不知該如何安慰他。她想起在軍中時，元修總愛拍她的肩，於是她便也在他的肩頭拍了兩下。

元修此時卻無兒女情長的心思，只點了點頭便走了。

暮青望著元修的背影，心頭卻盤著一個更大的疑團——元廣為何要命她查察此案？他就不怕萬一查清，不僅會失去處心積慮囤積的巨財，還會父子成仇？

第五章

元修自妝

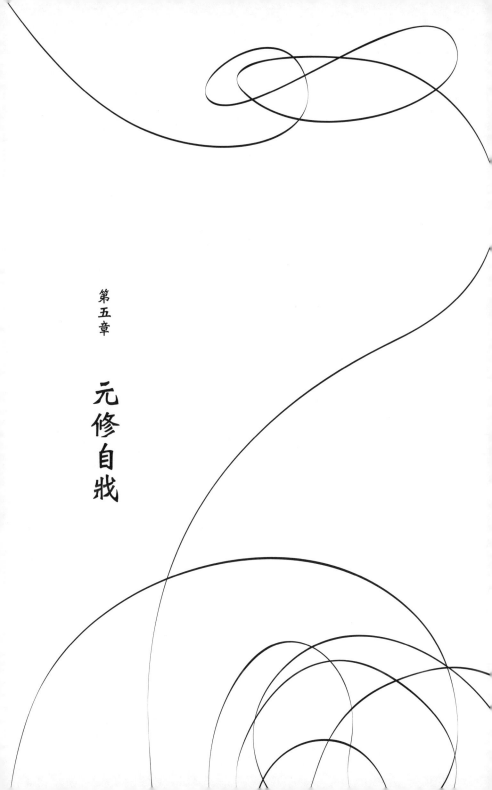

這日，盛京下了場大雪，漫天黑雲磐石般重，似要將富麗皇城一朝傾覆。
雪下到傍晚，宮裡來了懿旨，太皇太后宣元修進宮敘話。
宮門酉時三刻落鎖，元修酉時二刻進了宮。
天色漆黑如墨，永壽宮東暖閣裡，元敏斜靠在暖榻上，墨裙高髻，不飾簪釵，卻華貴無匹。
見元修的風帽上落了厚雪，元敏露出疼惜之色，拿巾帕擦了擦他眉峰上沾著的雪，嘆道：「你這孩子就是倔，有輦不乘，非要冒著雪來。」
「宮中乘車，不合規矩。」
「這時辰宮門已落鎖，你來看姑母就合宮規了？」
「那是姑母傳召，姪兒稍後就回。」
元敏笑道：「你戍邊十年，別的本事沒長，口舌倒是伶俐了。」
元修解了大氅，安鶴示意宮人退下，元敏道：「你也退下吧。」
「老奴遵旨。」安鶴垂首笑應，腔調柔似女兒，一張撲了白粉熏了胭脂的臉全然看不出老來。
宮人退去，榻前華毯上擺著矮几，茶烹得正香。
元敏舀了熱茶，衝元修招了招手。「來陪姑母坐會兒，喝盞熱茶，暖暖身子。」

元修坐去對面，恭敬地接過茶盞，問：「姑母宣姪兒來，所為何事？」

茶裡烹著瓜果仁兒，元敏慢慢地舀著，眼也沒抬。「你說呢？」

燭光在元修的眉心裡低低地躍動著，如重重心事。「今日京城裡只出了一件大事。」

元敏笑問：「這事牽扯到你爹，心裡不舒坦了？」

「何止不舒坦。」元修望向元敏，明知再問一句便是深淵，眸中的希冀之色卻如懸崖邊攀著獨藤的孩子。「爹行此事足有八年，姑母可知情？」

元敏反問：「你可記得當初走時姑母說的話？」

元修道：「姑母說，朝局詭祕，容不下坦蕩男兒。此去戍邊，望歸來時，心如戰刀。」

當年，爹娘讓他入朝為官，他不願，便留書直奔邊關，剛出京就在十里亭中遇見了姑母。爹娘都沒看出他會離家，唯獨姑母料到了。那日，他一身戎裝拜別姑母，臨走前聽了她一句贈言，便是此話。

元敏問：「如今，你的心可磨成了刀？」

「姪兒在邊關外抵胡虜，內剿匪徒，守疆護國，戰無不勝，刀上早就沾滿了血。」

「可在姑母看來，你心裡的刀還未沾過血，刀鋒不利。」

「心裡的刀？」

「『判不了，我殺之！』這才是你心裡的刀！可惜，這把刀只亮出了刀鋒，尚未沾血。」

「姑母是要姪兒殺了那些朝臣？」元修眉宇間的冷意深重。「此案若朝中包庇不判，我定殺之！」

「那你爹呢？」元敏目光深幽。

元修猛地盯住元敏，卻見她垂首品茶，似乎說的只是尋常話。「姑母之意是要姪兒弒父？」

元敏用了半盞茶才抬頭，問道：「修兒，你爹膝下有三子，你可知姑母為何獨獨疼你？」

「姪兒的年紀與九皇子相仿，只比他年長一歲。」

「不，是因為你的性子與姑母年輕時最像。」

元修一愣。

元敏抬眸遠望，玉瓶裡插著新剪的紅梅，暖閣裡生著地龍，花上之雪已融，紅梅映著雪水，如同血淚。

「姑母尚在閨中時，不愛與京中小姐爭女紅、琴技，偏愛去校場與男兒一較騎射，若生是兒郎，我定會去戍邊，守疆衛國，爭一身功勳。可惜世間容不下女子之志，女子的一生只在深宅，揚鞭策馬，流芳百世，不過是夢罷了。」

「姑母錯就錯在自視甚高，以為兒郎報國，女子報家，有所作為才不負此生，於是一紙盟約換我十七年華嫁入深宮，折了壯志豪情。我以為，坐擁大輿的男兒定是世間最好的男兒，哪知盟約空待，等來的是殺子之仇，我才知錯得離譜，才知這一生毀了。」

「我元敏本是世間最好的女子，配得起最好的兒郎，怎能一敗塗地？我不甘，所以爭，棄了驕傲坦蕩，苦心籌謀，終得如今之位。可惜我明白得太晚，棄得也太晚，這一生終究還是毀了。」

元敏將目光落回元修身上，看見的好似當年的自己，滿眼皆是疼惜。「天下行將亂世，坦蕩之人難存於世，你生在元家，更是如此。當年姑母如你一樣，卻放不下孝字，入了宮還想乾淨坦蕩，結果一輸便是終生之恨。姑母實在不想看著你走上那條老路，你可懂？」

「不懂！」元修閉上眼，痛色深沉。

「不懂，還是不想懂？」元敏搖頭，苦口婆心。「自古忠孝難兩全，你既想全忠君之心，又想全同袍之義，還想全家中孝道，世間哪有這等美事？你向來循規蹈矩，今日卻說出判不了我殺之的話，此言已是棄了朝律，要全同袍之義。但這還不夠，你便是將那些人都殺了，主使之人活著，你就有愧於軍中將士。姑母問你，你要如何抉擇？」

元修垂首不語。

元敏問：「你可知，你爹是此案主使，他為何命那少年查察此案？」

「姪兒不知。」這是他想不通的。

「是我的意思。」元敏道。

元修猛地抬頭。

元敏道：「你是否覺得，姑母是覺得那少年查不清此案，想要他出醜？不，姑母反倒希望他查清此案。」

「為何？」

「此案不清，你心裡的那把刀就懸不起來。」

「……」

「這刀不懸，抉擇不下，你遲早要走姑母的老路！我跟你爹說，這案子在奉縣捅破的那日就藏不住了，你查不出真相絕不會甘休。既然藏不住了，不妨讓你查，查出來又何妨？父為子綱，你斷不會弒父，若能得你一次抉擇，這銀子就損得值！」

元修聞言，只覺摧心摧肝，痛不可言。「原來此事是姑母與爹設的好局，我不弒父便是割捨了同袍情義，你們一直希望我與家族同心，我不選，你們就逼我選！你們是不是還算計了別的？此案是英睿查的，朝臣日後判罪伏法，仇怨會算在她頭上，而銀兩我卻可以發還軍中，將士們仍會對我感恩戴德。家族得了我，我得了軍心，英睿得到的卻是仇敵，水師練成之日便是卸甲殺將之時？」

「沒錯。」元敏露出欣慰之色，修兒懂爾虞我詐，只是不願去想罷了。

元修大笑一聲，笑聲摧心，分外孤沉。他忽然起身，腳步踉蹌，險些撞翻茶爐，痛聲怒問：「姑母！你們為何都要逼我！」

他只想守疆報國，怎麼就這麼難！這麼難！

「我就是要逼你！」元敏拂袖而起，繡金墨袖一掃便翻了茶爐，厲聲道：「成大事者，善知取捨！帝王之家，情義最是無用！否則，你便會如這茶中瓜果，任人烹煮！」

華毯上一地狼藉，宮人在外聽見，無人敢進。

元敏走到暖榻旁，自枕下抽出一把匕首往元修面前一擲。「你今晚就選！你是要棄父子之義，還是要棄同袍之義？若棄前者，你今夜就拿這匕首刺死姑母，再回相府刺死你爹，大義滅親，將士們會誓死追隨你！」

元修盯著匕首，身僵如死。

「若棄後者，你便需裝作不知家中貪銀之事，軍心還是你的！至於那少年，既是舊部，管他死活！」

元修抬頭，一腔憤懣。

元敏迎著元修的目光，既疼惜又無奈。「修兒，姑母不是逼你選一樣，而是逼你棄一樣。你只有棄了那些情義，才能心如鐵石，才能在這世道裡披荊斬棘，才能不像姑母一樣去嘗那痛失至愛的悔恨滋味。姑母這番苦心，你懂不懂！」

說罷，元敏疲憊地轉過身去。「你慢慢想，姑母慢慢等。今夜，姑母和你爹的性命在你手上。」

元修看著元敏的背影，再看一眼腳下的匕首，忽然仰頭，慘然一笑！

只聽錚的一聲，嘯音繞梁！

元敏未回身，只是慘然一笑，閉上了眼。但她等待的疼痛並未傳來，卻聽見一聲悶哼，她猛地回身，見元修跪在地上，心口扎著匕首，血染了襟袍。「修兒！」

元修面色慘白。「姑母待我如子，爹雖佞臣，於我亦有養育之恩，我……下不了手，這一命替爹償還。從今往後，我無顏見軍中將士，亦不配再為西北軍主帥。」

元敏淚如泉湧，撲過來按住元修的心口，喊：「來人！來人！」

安鶴領著宮人魚貫而入，見到殿中的情形，不由驚住。

「宣御醫，去外城請瑾王來！」安鶴急忙吩咐宮人。
「你親自去請！」元敏按住元修的心口道。
安鶴躬身道：「回太皇太后，老奴若去，瑾王便不會來了。」
元敏一愣，這才想起那些往事來，只好說道：「誰去都行，速去將人請來！」
話音剛落，元修忽然拂開元敏，縱身出了殿去，元敏奔出殿外，見元修掠入夜色裡，驚了戍衛。
「不得射箭，誰若傷了修兒，本宮要他滿門陪葬！」元敏厲聲喝道，只見大雪撲面，元修一路灑血，往宮外而去。

鎮軍侯府。
趙良義和王衛海在暖閣裡擲色子，正賭得起興，忽見一道人影掠向書房。兩人以為是刺客，趕到書房門口卻撞見元修出來。
元修一手提著錦包，心口扎著把匕首，指縫裡往外滲著血，臉色比雪還白。
「大將軍！」

「這他娘誰傷的？老子砍了他！」

「御醫！」

書房外頓時亂作一團，元修道聲無事，又縱身往盛京宮方向去了。

趙良義和王衛海牽來戰馬，追著元修便出了府。

戍衛沒想到元修去而復返，誰也不敢攔他，只見他往養心殿方向去了。

養心殿是帝王寢宮，元修跪在宮外道：「臣鎮軍侯元修，恭請陛見！」

范通入殿傳話，片刻後出來，高聲道：「陛下有旨，宣鎮軍侯覲見——」

東暖閣裡，步惜歡披著龍袍而出，見元修跪在殿內，錦包已經打開，裡面放著西北軍的帥印，帥印上的五指血印殷紅猙獰。

「愛卿何意？」步惜歡問，面色波瀾不興。

「臣之父貪汙軍中撫恤銀兩，臣願替父贖罪，交還西北軍帥印。」

步惜歡淡淡地道：「愛卿何出此言？此案今晨已經查清，涉案之贓官已押入天牢待判，與相國何干？愛卿乃忠臣良將，應知法不容情，莫說相國與此案無關，即便有關，也沒有替父贖罪一說。」

元修抬頭，見步惜歡倚在暖榻上，九龍宮燈燭火煌煌，帝王眉心意態寡淡，目光如海，深淺難測。他心口劇痛，已無法再撐，只道：「望陛下收回帥印！」

「取藥來。」步惜歡對范通道。

范通領旨而去，少頃，捧來止血良藥，剛要請元修服下，便聽殿外有人傳報：「太皇太后到——」

元敏由安鶴扶著一進東暖閣，見到帥印目光一變，見范通捧著藥，面色又一變！

步惜歡噙起抹哂笑，懶洋洋地起身見禮。「見過老祖宗。」

元敏問：「皇帝怎不請御醫？」

步惜歡道：「御醫都讓老祖宗請走了，朕想請也請不來，想起宮裡有良藥，便拿來賜下了。」

元敏掃了眼范通手裡的藥，揚手一打。「皇帝說得是，既然御醫都在永壽宮候著，那便將人抬去治傷吧。來人！」

元修不准宮人攙扶，自行出了養心殿，到了門口，運起氣來便往宮外縱去，到了宮門口，正撞上趙良義和王衛海在等著。

兩人一將元修帶回侯府，便派了兩路人馬出去報信，一路去往相府，一路去往都督府。

暮青剛歇下，聽聞元修重傷，急慌起身出府，策馬往侯府馳去。

侯府裡燈火通明，趙良義看見暮青，一臉的戾氣。「總算來了！你給大將軍治過箭傷，快去瞧瞧那匕首能不能拔，那群御醫全是廢物！」

暮青抬腳便往屋裡去，屋裡正傳來催問聲。

「瑾王怎還沒請來？」

「王爺去了莊子上，宮裡、侯府和相府已派了三撥人去請了，只是今日雪大，城外積雪甚厚，恐需些時辰，所幸侯爺跟前還有御醫……」

暮青推門而入，人聲戛然而止，屋裡的人以為是巫瑾到了，一看不是，喜色都淡了下來。

暖閣裡外兩間，外間站著婆子丫鬟，一名容貌明麗的少女正扶著個寶髻華服的婦人，兩人的眉眼有些相像，正是元修之母華郡主和胞妹元鈺。

「你是何人？」元鈺問道。

「末將周二蛋。」暮青抱拳行禮。「見過郡主，七小姐。」

元鈺明眸圓睜，似看三頭六臂之人。「你就是江北水師都督？」

華郡主冷淡地道：「都督深夜探視，我代修兒謝過，前廳備了茶點，都督不妨前去坐等。」

「御醫拔得出刀我就去坐等。」暮青看出華氏不喜自己，但救人要緊，於是說道：「心臟中刀，致死率有九成，侯爺今夜命懸一線。」

華郡主愛子心切，一聽此言果然六神無主，暮青趁機進了裡屋。

御醫們見暮青來了，紛紛讓開，別說攔，連個多嘴的也沒有。

元修躺在榻上，面色蒼白，人已昏迷。他的衣衫已被剪開，心口插著把匕首，刀幾乎全扎入了體內，刀把上的五指血印暗紅猙獰。

暮青翻開元修的眼皮看了看瞳孔，又探了探頸脈，問御醫：「他傷了多久？」

老提點道：「有半個時辰了。」

「匕首有多長？」

「不知。」

暮青斥道：「糊塗！怎不問？」

御醫們臉色難看，侯爺傷在永壽宮裡，哪個不要命的敢問刀的事？

「刀在心脈旁，十分凶險，拔刀時難保不傷心脈，王爺未到，下官們給侯爺服了固氣續命的湯藥。」老提點道，今夜御醫們的命都在刀上懸著，多一個人多一分力，且聽這少年有何見解。

暮青也覺得凶險。「幸好你們沒拔，心內出血，若來不及清理，形成血塊壓迫心臟，隨時可能引起驟停。」

老提點聞言眼神一亮，血塊指的應是瘀塊。「那依都督之意……」

「不知刀有多長，我沒辦法估計傷情。這刀是斜著扎進去的，不知有沒有刺穿肺葉，割傷心室，若傷了心室，不知有沒有穿破心包，心包腔內有無積血，有無傷到動靜脈。你們都在等巫瑾，他若來了，定有辦法？」暮青問，心臟刺傷是心胸外科最凶險的外傷，搶救成功率極低，若傷了心肺，巫瑾來了又能如何？

老提點從未聽說過心室心包，不由面露異色，回道：「圖鄂有些不為人知的祕術，王爺是聖女的血脈，許有回天之術。」

「好，那就等他來！」暮青看向外屋，問道：「郡主可知匕首多長？」

華郡主幽幽地道：「不知，這匕首是太皇太后宮裡的。」

「那就派人去宮裡問！」暮青往桌前一坐，巫瑾不知何時來，不能乾等著。

「拿筆墨來！」

華郡主立刻遣婆子進宮，又命人安排筆墨。

婆子剛出侯府便見遠處有燈光透雪而來，還沒看清來者何人，便聽有人高聲傳報。

「太皇太后到——」

「聖駕到——」

婆子急忙迎駕，隨後引著貴人到了西暖閣。

西暖閣房門大開，見人都在院中跪候，元敏斥道：「不在屋裡施診，出來做什麼！」

斥罷，她匆匆進屋，一進暖閣便愣了，只見桌前坐著一人，正低頭疾書。少年雪衣銀冠，袖束腕甲，一身武將裝束，其貌不揚，卻別有一番霜寒之姿。

安鶴剛要開口，元敏便阻止了他，這少年她雖未見過，倒也能猜得出來。

御醫們苦哈哈地進屋，把脈的把脈，開方的開方，假意忙碌。

老提點好奇暮青在做何事，過來一瞧，頓時面露異色。

步惜歡來到桌邊，拿起晾乾的紙箋，見紙上畫著一物，今早剛見過——人心！

這人心畫得頗為真實，上頭寫著幾個清雅卓絕的題字——心臟解剖圖。

步惜歡眼神一亮，她還會作畫？只是技法別有不同。

元敏瞥了眼步惜歡，目光晦暗難明。兄長曾疑這少年是皇帝一黨，今早瞧著不像，但皇帝此刻之舉看著又像了……君心難測，真真假假，皇帝把此道學得精，越發讓人看不透了。

屋裡屋外靜得落針可聞，只是場面怪異。

太皇太后在外屋站著，御醫們在裡屋候著，帝王和臣子共坐一桌，那臣子還真坐得住。

暮青專心畫圖，畫好就晾著。步惜歡一張張拿起來看，見有一張畫的是剖開的心，題為「左心房解剖圖」，又有一張畫的是半個人身，胸骨包著心肺，上題「心臟與肺葉的位置」，另兩張圖上分別寫著「左肺外側觀」和「左肺內側觀」。

這些畫筆法寫實，連心肺上的一條條血脈都有畫出，彷彿已畫過無數遍。

「拿丹青來。」暮青吩咐了一聲，待婆子取來丹青，她便開始給解剖圖上色。心染朱紅，肺染赭色，主動脈描紅，肺動脈描藍，氣管描金，左肺圖分區域暈染，足足用了七色。

晾乾之後，暮青又以蠅頭小楷畫線標註。

心臟解剖圖上，她標——主動脈弓、動脈韌帶、肺動脈幹、左心耳、左房支、心大動脈、左心室、心尖。

左心房解剖圖上，她標——主動脈、肺動脈、肺靜脈、左心房、二尖瓣、左心室、室間隔。

肺的內外側觀圖上，她也標註了尖段、尖上段、前段、後段等九個部位。

御醫側目，把脈的不把了，開方的也不開了，個個目露驚色，誰也不知暮青師從何人，又如何保證所畫無誤。

這時，暮青又吩咐：「命人去義莊，看看有沒有剛死一、兩日的新鮮屍體，抬來備用！」

但這一回，華郡主沒差人去辦，婆子丫鬟面露怒色，元鈺問：「都督命人抬屍進府，豈不晦氣？」

暮青道：「晦氣要緊，還是救人要緊？王爺來後，我會與他合力拔刀，這些圖是畫給王爺看的，萬一他看不懂，或者傷情複雜，可以尋把同樣的匕首，以同角度扎入屍內，模擬傷情，摸索拔刀之法。」

元鈺瞪大眼，元敏對安鶴道：「你去辦！」

「老奴遵旨。」安鶴望向暮青，問：「都督要的是新鮮屍體，死了一、兩日的就不新鮮了吧？不如，新殺一人？」

暮青聞言望去，略一打量，便猜知此人是安鶴。

安鶴！安鶴！

燭光躍動，暮青的眉心似有團火在跳，恍惚間，她看見爹揮手作別，看見屍身，聞見腐氣，感覺到她背著爹走最後一程，那雙臂搭在肩上的冰涼……

一幕幕好似昨天，正當暮青按捺不住殺意之時，耳畔忽然傳來一道聲音——

「稍安，可還記得我與妳說過的話？」那聲音少了些懶散，多了幾分春風和煦般的暖，莫名使人心安。

暮青一醒，眸底再也不見波瀾。「我要死了一、兩日的男屍，若送來的是剛死的，誰殺的，誰償命。」

安鶴一笑，好些年沒見過這等狂徒了，怪不得朝臣們都頭痛。有趣！

安鶴欠身而去，剛出侯府，街後便有一隊精兵策馬馳來，後頭跟著的馬車軲轆都快跑散了。一到侯府門前，親兵便躍馬而下，將巫瑾拉下馬車，進了侯府直奔西暖閣。

巫瑾到了，眾人大喜，元敏道：「瑾王免禮，救人要緊。」

巫瑾一禮便進了屋，見到暮青，眸中頓時生出神采。「都督也在？」

暮青道：「陛下也在。」

巫瑾尷尬，急忙行禮。

步惜歡似笑非笑地瞥了暮青一眼——她易著容，貌不驚人的，倒比誰都招人眼。

「行了，快救人吧！」步惜歡沒好氣地道。
巫瑾到了榻前，診脈問藥過後，取出三粒紅丸給元修服了下去。
老提點問：「敢問王爺，這刀……」
「十分凶險，刀有多長？」巫瑾問的跟暮青問的一樣。
老提點不知，更不敢問。
元敏道：「三寸。」
暮青聞言，吁道：「刀不長，武者胸肌較常人要厚，運氣好的話，興許沒傷到肺葉，但有沒有傷到心室不好說。王爺來看！」
暮青來到桌前，巫瑾跟來一看，忙將五張解剖圖拿起，細看過後，目光皎皎地問：「這些乃都督所畫？」
暮青問：「王爺可看得懂？」
「雖不能盡知其意，倒也有幾分淺見。」巫瑾謙和地問：「都督是想告訴在下，侯爺心口的刀扎在何處，取刀時要避開何處？」
「沒錯，王爺來看！」暮青把燈燭拉近，兩人對燈商討取刀方案。
「目前來看，刀應該沒有傷到肺葉。」暮青指著心臟與肺葉位置的圖道：「刀刺入了左胸，胸骨未斷，從刺入的角度來看，刀尖應在左心室。」
「都督在擔心如何補心？」巫瑾道破暮青的擔憂，畫上之血管，他稱之為心脈肺脈，詞雖不同，其意相通。拔刀時若能避開血脈要路，元修的凶險便減了一分，但刀尖若傷了心臟，要想救人，就得有補心之法。

「你知道補心？」暮青驚訝，所謂的補心應該是心臟縫合手術，巫瑾既然能問出來，想必聽說過。

「此乃鄂族祕術，我幼時看過醫典，也曾聽娘說過，但沒真為人補過心。都督亦知補心？」

「知道，而且補過，但我只補過死人的。」

華郡主聽不得這話。「原以為都督精通醫道，沒想到竟是把我兒當死人醫？」

暮青道：「我既要與王爺一同救人，自要交個底。」

「你們倒是交了底，旁人聽得沒底了。」

「那敢問郡主，何人能讓妳心裡有底？」

華郡主無話反駁，只怒這一屋子的御醫還不如一個仵作。

暮青又問巫瑾：「王爺可還記得補心之術？」

「記得。」那是祕術，他記得格外清楚。

「此術裡可提到過絲線？王爺可有？」外科手術裡，縫在體外的線可以拆，縫在體內的要用可吸收的，比如羊腸線和膠原蛋白縫合線，假如元修的心臟需要縫合，沒線是不成的。

巫瑾嘆道：「都督見聞之廣天下少見！」

說話間，他從袖中拿出只玉盒，裡面赫然放著一圈絲線，比寒蠶冰絲粗些，觸之柔軟冰涼。

「此乃白獺絲，融於血肉，乃鄂族祕寶之一，千年不腐，千金不換。我不曾用過，不知是否真有奇效。」他來大興時帶了兩件祕寶，一件與人做了交換，一件便是白獺絲了。

暮青詫異，純天然膠原蛋白縫合線取材於獺狸的肌腱部位，白獺絲不可能是她所知的那種縫合線，不提工藝，就說保質期，生物製品不可能長年不腐，這絲什麼來頭？

眼下救人要緊，容不得細想，暮青只能信巫瑾。「那好，我們定一下拔刀的方案。」

「都督請說。」

「我擔心你的潔癖。」

「……」

「我熟知血管臟器的位置，有辦法在拔刀的過程中避開動靜脈血管，也會盡量減少出血，爭取在最短時間內縫合心臟，但需要你的協助，你能行？」

巫瑾笑容苦澀。「不行也得行吧？」

暮青皺了皺眉。「我不能拿元修的命跟你賭，行不行，我們試試就知道了。」

「如何試？」

「剖屍！」暮青轉身問道：「屍體還沒送來？」

華郡主忙吩咐婆子：「去門口迎迎！」

暮青吩咐道：「準備一把長三寸的匕首，備手套、口罩、外衣四套，兩套送來，兩套拿去沸水裡煮！備針、鑷子、棉花、燒酒，針和鑷子用沸水煮過，與衣服分開煮。」

「去辦！」華郡主又吩咐丫鬟。

「這裡的人全退出去，開窗通風！人多氣濁，不想讓元修併發感染就按我的話辦。」暮青對老提點道：「勞煩老大人在此看護。」

元敏不發一言地出了暖閣，她一走，其餘人忙跟了出去。

西暖閣配有兩間耳房，元敏和華郡主等人到了上西間，一刻鐘後，安鶴帶回的屍體被送去了下西間。

死者像是莊稼漢，身材精壯。暮青和巫瑾蹲在屍旁，御醫們奉旨觀摩，步惜歡藉好奇之名來了屋裡。

暮青為男屍寬了外袍，說道：「死者胸肌發達，剛好可以最大限度的模擬傷情，按元修的傷勢，刀是這樣扎進去的。」

暮青命兩名御醫將死者扶起，而後來到死者背後，手從死者腋下穿過，模仿自戕的角度將匕首往心口一扎。

這一扎力道不小，兩名御醫踉蹌了下，把屍體放倒後，暮青蹲到屍旁，指著匕首道：「一會兒，我在這周圍消毒後，會順著這裡劃一刀。」

說罷，她便用解剖刀劃給巫瑾看，一刀便見了厚厚的肌肉。

御醫們臉色發白，巫瑾面色如常，眸光發亮。

暮青將刀送去火上烤了烤，說道：「切口會引起靜脈流血，屍體不會流血，但在元修身上動刀時會有，我會拿熱刀片將出血點封住。」

她沒有高頻電刀，只能用原始的方法止血。

巫瑾點頭，他知道這是施救前的演練，只有一次，因此看得仔細。

「接下來，我需要你幫忙撥開肌肉，讓我能看到胸骨和裡面的心臟，就像這樣。」暮青邊說邊用手將傷口擴開，人肉被徒手擴開的聲音異常嚇人。「你試試看。」

這個步驟要用醫用鉗子，但眼下沒有，只能讓巫瑾幫忙。

巫瑾竟沒猶豫，碰觸到屍體的一瞬，他眉頭微皺，卻仍奮力地將刀口擴開，而後艱難地笑了笑。「都督繼續。」

暮青見巫瑾面白如紙，眸光卻潔淨明澈，不由生出些負罪感。「這時候，我會將匕首拔出來，此刻的演練不可能與元修的傷勢全然相同，但此人傷到了左心室，那麼心包也一定傷到了。心包裹在心臟外，如果發現積液，我會想辦法清理出來。如果沒有，我就進行縫合。我會盡量快些，你要堅持住，能辦到嗎？」

巫瑾額上見了汗，笑容依舊乾淨明澈。「我不是辦到了？」

「這是屍體，活人有血液和體液，手套會被沾溼，你會很不適。」

「比這更不適的事，我都忍過。」巫瑾道。

此話頗有故事，暮青卻無心過問，起身道：「那好，我們去救人。」

暮青吩咐人將浴房蒸上醋，她和巫瑾要先沐浴更衣。侯府有兩間浴房，一間是元修用的，一間是下人用的，暮青將元修的浴房讓給了巫瑾，自己去了下人房。

下人房偏僻，暮青回來時，巫瑾已在西暖閣外等候了。他一改南國之風，穿著戰袍束袖，以方便手術。

「元修傷情如何？」

「服了我的丹藥，不取刀也能續命三日，都督放心。」

「那進屋吧。」暮青推開房門，臉色一沉。「我不是說不能再進人？」

外屋坐著三人——元敏、華郡主和元鈺。

「取刀補心，事關我兒性命，我自要在此守著。」華郡主道，御醫已將方才的事回稟過了，一聽說要將骨肉扒開再取刀縫心，她就險些暈過去。

暮青知道吵也是浪費時間，於是將月殺喚進來道：「放下簾子，守著門口，不得令人入內。病患若受驚擾，出了人命，唯你是問！」

後半句話是說給元家人聽的，暮青要的東西都已備好，她和巫瑾穿戴好後便命老提點將元修的袍子寬去。

暮青略微調整呼吸，開口道：「開始！」

元敏、華氏和元鈺的心頓時提了起來，三人盯著簾子，聽見暮青話音冷沉，命令清晰果斷。

「麻沸散！」

「刀先放去火上燒。」

「鑷子、棉花、燒酒！」

「刀拿來！」

「擴開皮膚肌肉，小心神經。」

「擴開胸骨，放心擴，不會斷。」

「堅持！要拔刀了……」

華郡主站起身來，好幾回想衝進屋，怕誤了愛子性命，又生生地忍了下來。裡屋沒了聲音，暖閣裡靜得熬人。

元敏袖下的手緊握成拳，指甲刺破了血肉卻覺不出痛。

這刀拔得似過了一夜那麼長，人熬不住了時，裡屋忽然傳來叮的一聲！

元敏起身，簾子被掀開，御醫捧著血淋淋的匕首出來，稟道：「拔出來了！拔出來了！」

元鈺啊了一聲，華郡主喜極而泣，問道：「我兒沒事了？我去瞧瞧……」

月殺將人一擋。「刀取了，心還沒補。」

華郡主這才想起補心之事，心又揪緊起來。

這時，暮青的聲音傳了出來：「左肺無傷，左心室有傷，心包腔裡有積液……」

話音落下，又沒了聲音。

又是漫長的等待，華郡主眼看要熬不住了，暮青的話音再次傳出：「針，白獺絲！」

話音落下，裡屋又靜了。

折磨一輪又一輪，元敏的袖下滴出血來，血豔如梅。

這時，只聽暮青道：「好，鬆開胸骨，慢些放……好，接下來就是我的事了。」

「好了？」華郡主大喜，對御醫道：「進去看看，出來回稟！」

老御醫應是，月殺卻閻王爺似地守在門口。「人可以出來，但不能進去。」

「你！」華郡主剛要斥責，簾子便被掀開了。

暮青走出，手套上沾著血，沉聲道：「還算成功。」

元敏一聽，率先進了裡屋。

元修胸前包著乾淨的白布，榻上亦乾淨整潔，若非那些帶血的鑷子薄刀尚未收拾，根本就看不出屋裡發生過何事。

元敏回頭問：「他能活？」

暮青將外衫等物脫了扔在外屋，淨了手才進來，回道：「要看他的造化，術後會有發熱等症，護理之事我不在行，只能請王爺多費心了。」

「自當盡力，且容在下沐浴更衣，再來為侯爺診治。」巫瑾汗密如雨，像剛從水裡撈出來的一般，說罷便跌跌撞撞地出了暖閣，連告退的禮數都忘了，還險些撞上進來的華氏和元鈺。

「我兒！」華郡主到了榻邊，垂淚望著愛子。

元鈺問：「敢問都督，我哥何時能醒？」

暮青道：「要看今夜，今夜留王爺和提點大人在此候診即可，人多無用。」

元敏道：「本宮今夜就歇在東暖閣。」

華郡主道：「太皇太后鳳體要緊，還是回宮歇著吧，留個宮人在此即可，有事隨時可以進宮通傳。」

「修兒傷在宮裡，本宮自要親眼看著他從鬼門關回來，不然，妳這當娘的定要恨毒了本宮。」元敏看了華郡主一眼，便由宮女扶著走了。

門一開，大雪撲面，忽聞更聲傳來。

三更了……

才三更。

元敏望著大雪，神情恍惚，今夜漫長得讓她想起九兒去時，她在宮裡坐著，不知天明天黑……

元敏望了眼裡屋，暮青開了半扇窗子，負手立在窗前，雪花如絮，沾在少年的眉峰鬢間，孤清之姿勝過窗外寒梅。她深深地看了暮青一眼，隨即出了暖閣。

巫瑾回來時清爽乾淨，暮青眼尖地看見他指尖發紅，顯然是沐浴時用力搓洗所致。

華郡主和元鈺執意守夜，暮青便去了外屋。

趙良義和王衛海來探望過，但沒進屋。寧昭郡主將貼身侍婢差遣了過來，來來去去的人裡，暮青始終沒見到元廣。
巫瑾和老提點輪換著，每半個時辰診一次脈，到了寅時，桌上的脈案藥方堆了十來張，元修果然發熱了起來。
暮青心知能取刀成功已是僥倖，術後併發症是必然的，但她幫不上忙，只能相信巫瑾。
巫瑾為元修施了針，九根金針結叢，取經絡穴位，調和陰陽，扶正祛邪。傳聞這套梅花金針一共九針，九針皆動，可見熱症凶險。
巫瑾施針的時辰約莫一刻，收針後診了診脈，一個時辰後又施了一次針。隨後過了兩個時辰，當他再施針時只用了五根金針，當金針減為三根時，元修的熱症退了，外頭已近晌午。
華郡主問道：「可是無礙了？」
巫瑾道：「白天無礙，夜裡還要再看。」
華郡主頓時由喜轉憂。「王爺一夜未眠，我命人安排客房準備飯菜，這幾日怕要勞煩王爺住在府裡。」
「不敢。」巫瑾看了暮青一眼。「取刀補心是都督之功，本王不敢居功。」
華郡主飽含深意地看向暮青，說道：「多謝都督，昨夜我心憂如焚，若有得罪之處，還望都督寬宥。」

暮青道：「天下父母心，下官理解。」

華郡主聽了，面色和善了些。「府裡備了飯菜，都督用過後也一併在客房裡歇下吧。」

「不必了，下官回府去，夜裡再來。」暮青說罷到榻前看了元修一眼，見他呼吸平穩，便要告辭。

這時，忽聽宮人通傳道：「太皇太后到，聖上到！」

暮青不想見元敏，聽見傳報，轉身便要離去。

恰在此時，元修忽然伸手，一把抓住了她的手腕！

元鈺頓時驚喜地道：「六哥醒了？」

元敏踏進屋中，聽聞此話，匆忙來到榻前，床榻前頓時擠滿了人。

「他沒醒，只是囈語，勞煩諸位讓讓，好讓下官離開。」暮青說著話，便想將手腕掙脫出來。

不料，元修抓得甚緊，嘴裡念念有詞：「青……」

暮青僵住，心倏地提了起來！

元修聲息微弱，元敏等人未聽明白，不由俯身細聽。

步惜歡微微蹙眉，巫瑾見暮青的手被元修握在掌心裡，指如蔥玉，不由一愣，正待細細端量，暮青已掰開元修的手，怒道：「想去青樓，傷養好了再說！」

此言一出，屋裡頓時靜了。

步惜歡低頭，險些放聲大笑。

暮青見機告退，出了侯府。

一回府，暮青便命月殺尋些易容之物來，軍中漢子心粗，沒人留意她的手，盛京遍地精明人，今日實在是險，需得盡快補救。

暮青道：「想辦法在江南給我安個仵作門生的身分。」

她到盛京查了不少案子，也該有人起疑了。

「還以為妳有多瞭解主子。」月殺沒好氣地取出張紙來往暮青面前一放，紙上只寫了一句話——汴州刺史府仵作馬征之門生，興隆十三年三月初二拜師入門。

「主子早給妳安排好身分了。」月殺道，她去西北走得乾脆，不知主子背後做了多少事。

她一走，主子便命人去查周二蛋，此人家窮，五年前外出謀生，後被帶入水匪行當。江南百姓最恨水匪，他不敢張揚，此事只有九曲幫知曉，主子便將周二蛋安在了州衙仵作馬征門下，如今世間已無九曲幫，也沒有兩個周二蛋。

主子背地裡為她做的事多了，只是不說罷了。

暮青聞言默然良久，爹常去州衙驗屍，馬征與爹相熟，爹的驗屍之法他沒少學，把身分安在此人門下，她的驗屍手法像南派暮家人就能說得過去了。

她一有險，這紙就送來了，此事定非今日辦的，應是早就安排好的。這人總是如此，護她於風雨中、細微處……

暮青望著紙，不知不覺出了神，回過神來時，月殺已經辦差去了。

◯

鎮軍侯府，東暖閣。

元敏問：「修兒前些天去過玉春樓，妳可知是哪個狐媚子迷了他？」

華郡主道：「他是被延兒請去的，延兒輸了銀子，怕回府不好交代，便將修兒請去說和。老祖宗最知修兒的秉性，他怎會流連花街柳巷？」

「話是如此，可他年紀不小了，想那些事兒也正常。」

「可我日日跟他提昭兒，他就是不願見，前陣子還說看上了哪家小姐，又怎會去青樓？」

「本宮記得此事。」元敏抱著手爐，有些倦色。「本宮今兒就命人查查京中哪個三品文臣之女閨名裡有個青字。」

「若查到了，老祖宗打算如何？」

「還能如何？」元敏嘆了口氣。「把人接進府裡當個側室吧，修兒病著，沖喜也好。他歡喜，身子能好得快些。」

華郡主點了點頭，嫡妻未過門就納妾，雖然苦了昭兒，可修兒不喜歡她，這是她的命。「花街柳巷裡可還要查？」

「查吧！查一查，安安心。」元敏撫著手爐，錦套上繡著的牡丹開得豔麗，她一層一層地撫著，心裡的迷霧也一層一層。

那少年的手……

那時，她的心在修兒身上，不經意間曾瞥見那少年的手，他抽離得太快，她沒看清楚。可那畫面總在她腦海裡，越想越覺得那手與修兒的一比，實在秀氣。

元敏忽然起身道：「本宮累了，夜裡再來看修兒。玉秋留在府中，有事讓她通傳。」

華郡主應是，將元敏送上了鳳輦，望著漸漸遠去的車駕，目光漸冷。

這夜，約莫二更天，暮青去了侯府。

元敏用著茶，華郡主守在榻前，巫瑾正為元修診脈。

暮青問：「怎麼只有王爺在此？御醫呢？」

「御醫院的人枉稱聖手，要用他們時，卻沒一個能替本宮、替朝廷分憂的，取刀補心之功全在愛卿和瑾王，他的傷就交給你們了。」元敏說著，見巫瑾來到桌前欲書脈案，便對暮青道：「瑾王一日未歇，書寫脈案的事由愛卿來吧。」

暮青領旨，接了紙筆。

元敏的目光趁勢落在暮青手上，只見那手指修長，骨節略粗，指間有繭，除了白皙些，並不像女子的手……莫非是她想多了？

「愛卿是仵作出身，曾奉職於何處？」

兄長說，皇帝在行宮封了位周美人，與這少年同名，懷疑此人是皇帝安插進西北軍中的人，故而派人到江南查過，卻因汴州刺史府的暗樁被皇帝拔除而未查到。這少年若真是皇帝封的周美人，按說從軍時該改名換姓才是，但這些年皇帝的心思越發難測，興許不改才是他的用意。同名同籍，虛實難辨，他們的心思都被這少年吸引了，不知要為皇帝製造多少空檔圖謀要事，因此她曾勸兄長莫將此人放在心上，但昨夜那番接觸，她倒覺得小瞧了這少年，因此還是將他的身分查清楚為好。

暮青筆下不停，答道：「微臣是汴州刺史府仵作馬征的徒弟。」

元敏聞言眸光微動，待暮青寫好脈案，她已面露倦色，未再試探。

暮青將脈案交給巫瑾，心中暗暗鬆了口氣，還好月殺辦差俐落，她來此之前用些散碎人皮將手易容過了，不然今夜還真糊弄不過去。

暮青奏請去外屋候著，每個時辰進屋幫巫瑾寫一次脈案。到了下半夜，元修又生發熱之症，巫瑾施針救治，天亮時元修的燒便退了。暮青見燒退得比昨晚快，心中稍安，只是這次回府前，她沒敢再近床榻。

元修一連發熱了三晚，第四天夜裡安然度過，只是人未醒。

這幾日，元修沒上朝，重傷的消息元家雖然瞞著，卻還是有風聲透了出去。

安平侯府。

雪覆青瓦，廊漆半脫，年久未修的大宅顯著幾分破落之氣，一個大丫鬟提著藥籃進了一間偏僻院落。
屋裡有咳嗽聲傳來，她倒出一碗，提著藥籃進了屋。
「小姐，奴婢領藥回來了。」蘭兒到榻前收了帳子。
沈問玉倚在榻上看書，眼也未抬，只咳了兩聲。
蘭兒湊近稟道：「奴婢剛才去領藥，聽說了一件大事，鎮軍侯重傷。」
沈問玉聞言抬眼，咳嗽猛然重了起來。
蘭兒忙道：「小姐莫急，聽說侯爺傷在永壽宮裡，聖上和太皇太后那晚都守在侯府，御醫和瑾王都在，英睿都督大膽剖心取刀，侯爺連發三日燒熱，昨晚好些了。」
「剖心？」沈問玉面色煞白，三、四日前正是西北軍撫恤銀案破獲那日，朝中革職查辦了十位大臣，翰林院掌院學士胡大人乃元相的心腹，誰不知貪汙案的幕後主使是誰？他傷在永壽宮，必是因家國之事而傷，天底下竟有這等頂天立地的男兒。
「奴婢也覺得駭人聽聞，幸虧侯爺命大。」
「侯爺當真好些了？」
「聽說是，瑾王住在侯府，日夜為侯爺診脈。」蘭兒說罷，將藥端來。「這藥小姐還是喝吧，早些醫好風寒。」

沈問玉又將書拿了起來。「不急，妳去開半扇窗子，讓我再吹會兒風。」

蘭兒不敢忤逆，開窗時往院外看了幾眼，隨後才來榻前稟道：「您可知朝中在查三品官府上一個閨名裡帶青字的小姐？聽說是侯爺心儀的女子。」

沈問玉正翻書，書頁頓時撕了一角。

「聽說查到了兩人，一個是盛京府尹鄭大人的嫡女鄭青然小姐，一個是驍騎營參領姚大人的庶女姚蕙青姑娘。聽說若查出誰是侯爺心裡的人，人即刻就會被送入侯府沖喜，賜個側室的名分。」

沈問玉聽著，面色淡了下來，沉默了半晌，又翻書去了。「藥涼透後拿去倒了。」

藥涼透後再倒，倒過的地方要拿雪蓋住——這些都是她的吩咐。

寒風捎著殘雪落進窗臺，沈問玉翻著書，無聲冷笑。

自古被權貴男子收在心頭的女子，多不長命。

她就等著看，看紅顏薄命。

第七日早晨，元修醒了。

暮青剛回府，侯府便來人急報，她難得一展笑顏，卻沒急著過去。

元修剛醒，榻前定然圍滿了人，不如晚些時候再去。

傍晚，暮青到了侯府時，元敏剛走，元修倚在榻上喝藥，一碗藥幾口喝罷，轉頭望去時，正瞧見暮青進來。

少年撩著華簾，殘雪落滿窗臺，霞光透過半窗照在眉宇上，那孤清分外熟悉，再見卻彷彿隔了百年。

元修心覺恍惚，藥碗落在榻下，碎成了兩半。

阿青……

元修張了張嘴，似有千言萬語堵在心口，最終只露出個憔悴的笑來。「妳來了？」

「嗯。」暮青把碗拾起送到院子裡，回來後說道：「能自己喝藥了，看來是好些了。你剛動過刀，會有些急躁易怒，這都正常。但若有胸悶、胸痛的情形，抑或眼睛失明、一側身體麻木、腳踝腫脹、寒顫高熱、胸前切口紅腫的症狀，不可忍著，一定要喚人來，記清楚了？」

暮青說著，從懷裡摸出張紙來遞給元修。「我都寫好了，你放在床頭，若有不適，不可拖延。」

元修不由有些恍惚，她冷淡寡言，唯有斷案時說話才一股腦兒的，雖聽不懂，卻莫名暢快。這些……他原以為再也聽不到了，那夜以死明志，倒在宮門前時，恍惚看見關山月冷，看見他的戰馬獨自行來，他策馬出關，天上一輪明月，照著大漠關山。那一刻，長風烈馬，快意豪情，卻不知為何覺不出灑脫來。直到他醒來，方才見她挑簾而立，才忽然懂了，他仍心有牽掛，而那個讓他牽掛的人……是她。

死而復生，失而復得，就在剛才那一刻，他知道他不想再失去了。

元修將那張紙疊好收在懷裡，貼著心口。傷口隱隱作痛，昨天巫瑾為他換繃帶時，他看見了心口的傷，那針腳細密整齊，很眼熟。除了她，世上大抵沒人敢縫活人的心。

他的心裡住著她，她縫了他的心，這一生他的心裡就再也住不進別的女子，而她也永不會從他心裡出去。

「妳又救了我。」元修笑道。

「我和巫瑾。」暮青糾正道。

「嗯，我欠他一條命。」

「你還欠我一條。」暮青又糾正道：「你記住，你的命是我救回來的，有我的心血在，日後別再做傻事。」

「好。」元修定定地望著暮青，只許下一個字。

「那我先回去了。你剛醒，要多歇息，我還有案子要查，明日得空再來。」

暮青起身要走，因為元修的傷，查案的事已放下多日了。

元修目光留戀，卻沒強留，只笑道：「好，待我傷好了，幫妳一起查案。」

「你這傷少說養半年，等你傷好了，案子都查清了。」暮青沒好氣地道。

「查清了怕什麼？妳總有新案子查。」元修笑了聲。

暮青道：「你記住，半年內不可練武。」

「啊？一個月行不？」元修一臉苦笑，好聲好氣地商量。他一日不活動都覺得渾身舒服，半年不練武，骨頭不是要壞了？

暮青冷冷地看著元修。

「……三個月？好，好，半年就半年！」看著暮青的臉色，元修屈服了。

暮青面色稍霽，這才走了。

天色已黑，侯府後園卻未掌燈，暮青正覺得古怪，忽聽吱呀吱呀的聲音傳來，她急忙避到了假山。

寒風中傳來一個老婦的聲音：「抬穩些，若傷了侯爺心尖兒上的人，仔細你們的皮！」

暮青愣了愣，這才想起朝中近日在查三品官府裡閨名中帶青字的小姐，今夜來的大抵就是那兩位小姐了。兩人皆未出閣，夜會男子不合禮法，府裡不掌燈，應是為了避人。

暮青一直等轎子走遠了才從假山後出來，尋來個親兵吩咐：「速請瑾王到西暖閣外候診，若聽見侯爺動怒，不管屋裡是何情形都要進去，聽懂了？」

親兵問道：「都督，要是屋裡沒聲兒，大將軍沒動怒呢？」

「那就別進去了。」暮青說罷，頭也沒回地出了侯府。

元修雖然有傷，但功力未失，耳力依舊，轎子剛落在院子裡，他就聽了出來。

「何人？」

門吱呀一聲開了，一名穿紅戴翠的婆子笑吟吟地進了屋，福身道：「侯爺萬安。」

隨即，一名妙齡少女提著食盒款款地進了屋。少女披著絳紅大氅，風帽上的雪貂毛襯得面頰粉若二月春桃，不勝嬌柔可人。

元修的眉峰上忽然結了霜雪似的，見少女臉兒微抬，眼簾半垂，羞顏嬌麗，福身道：「侯爺，小女鄭——」

「滾！」元修聲沉如鐵，壓著重怒。

鄭青然驚惶如鹿，端出碗粥來，說道：「侯爺，小女特意熬了補身的粥……」

元修未再出聲，只是倚在榻上，眸深如淵，望不透，煞人心。

鄭青然偷偷望去，見前些日子披甲馳過長街的男兒此刻重傷在榻，卻依舊有著劍般的鋒芒，似於百萬軍中冷眼看敵，目光似劍，刺得人肝膽俱裂。

婆子瞧見鄭青然的手在哆嗦，生怕她打翻粥碗失了儀態，忙將粥放回食盒，悄聲道：「小姐，退下吧，若惹侯爺傷了身子，太皇太后怪罪下來，咱們可擔不得！」

鄭青然萬般不捨，走時拂開大氅，氅衣下腰肢如柳，惹人遐思，卻始終未聽見挽留之聲。待出了暖閣，她望向另一頂轎子，眼中淚光如刀，心道：莫非侯爺心儀之人竟是個庶女？

正想著，那少女下了轎，婆子欲先引薦，少女道：「侯爺心情不佳，奶娘別進屋了，免得受連累。」

說罷，她便獨自進了暖閣。

暖閣裡燈火煌煌，少女披著身天青大氅，上頭繡著朵雪蘭花。她垂首福身，神態平和不爭，說道：「小女不是侯爺心裡那人，只是近來朝中在尋閨名裡帶著青字的女子，小女閨名中正巧帶有此字，因此不得不來，望侯爺莫怪。既然侯爺見過小女子了，小女子便可回府覆命了，望侯爺早日康健，告辭。」

說罷，少女退出暖閣，鄭青然還未上轎，震驚得不知言語。

少女上了轎子，鄭青然不想走，卻又不敢進屋，猶豫了許久，終是跺了跺腳，負氣上了轎。

兩頂轎子剛走，親兵便引著巫瑾匆匆趕來。

見轎子走了，親兵撓著頭道：「完了完了，都督說，屋裡有聲音就進去，沒聲音就不用進。可咱來晚了，人都走了，咋知道裡頭有聲音沒聲音，要進還是不要進？」

巫瑾失笑，不理這憨傻的親兵，自進了暖閣去。

第六章

父案之疑

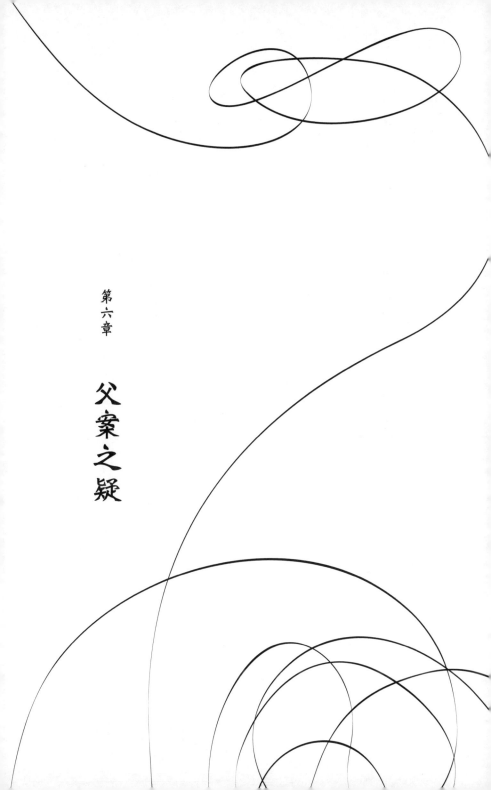

連日勞累，暮青回府後深覺睏乏，早早便睡下了。

夜半時分，閣樓裡燭光乍亮，暮青驚醒，抓著解剖刀一掀床帳，卻見步惜歡立在榻前，穿著身都督府親兵的衣袍，手裡拿著面具。

「帶妳出去。」步惜歡道。

「什麼時辰了，你竟在宮外？」暮青沒問要去何處，只想知道這人不回宮是否有險。

步惜歡目光柔暖，拿來衣袍來放去榻上，說道：「男妃回京了，我自有理由夜宿宮外。」

暮青意會，這才下榻穿衣，束髮簪冠。「去何處？」

「長春院。」

大興男風盛行，長春院是盛京最負盛名的象姑館，乃盛京宮總管安鶴所開，館中公子才絕色絕，院前門庭若市，與青樓相望，八街九巷，妓業繁榮。

龜奴見到暮青，臉色變了幾變，將她迎入後，陪笑道：「都督來得不巧，琴棋書畫松墨竹菊八公子皆有客在，今夜不登臺。」

「那就喚別人。」暮青毫無去意，龜奴拿不準她意欲何為，只好退了下去。

少頃，十來位公子盛裝前來，為首的公子一身玄黛織金錦衣，雲紋大帶，倜儻風流，笑起來眼角生著細紋，已經上了年紀。

「長春院掌事司徒春，見過都督。」男子領著公子們行了禮，笑道：「都督喜愛哪位公子，儘管挑。」

十幾位公子，文雅謙和，俊俏風流，冷傲不羈，個個不同，甚至還有十一、二歲的。

『如何行事由妳，但只許選年紀小的。』步惜歡在暮青身後，傳音入了她耳中。

暮青恍若未聞，抬手指向當中一人，步惜歡瞇起眼來，眾公子目光古怪，龜奴兩腿一軟，險些摔著。

暮青指著司徒春，說道：「你。」

司徒春是長春院的掌事，也就是老鴇，年逾四旬，早不接客了。龜奴要說話，司徒春用眼神制止了他，笑道：「在下年長，多年不曾侍奉貴客，今夜便謝都督抬愛了。」

公子們聞言，露出瞭然之色，這位今夜應該不是來尋歡的。

司徒春將暮青請入後堂，屋裡畫屏錦燈，華毯雕桌，壁上彩繪春宮，旖旎景致惹人遐思。
暮青開門見山地道：「我是來賭錢的。」
元修重傷，安鶴近日少有機會來長春院，她得想個辦法逼他來。
司徒春一聽閻王要錢，頓時目光生異，剛想回絕，忽聽暮青身後之人開了口——
「她讓你賭，你便賭。」那人是個侍衛，冷著一張臉，眸中卻蕩起盈盈波光。波光醉人，看得人心神蕩漾，如在夢中見仙山春島，流連忘返。
「坐。」侍衛的聲音猶如海洲仙音，司徒春失了魂兒般，乖乖地坐下了。
暮青問：「催眠術？」
像，又不像。
催眠術分為母式催眠和父式催眠，母式催眠以溫情突破受術者的心理防線，而父式催眠是以命令式的口吻讓受術者臣服。
步惜歡的話像父式催眠，但催眠需要對受術者進行誘導，他並未誘導，且司徒春對賭錢有排斥心，而催眠並不能驅使受術者做他潛意識裡不認同的事，因此步惜歡用的不像催眠術。
「妳的詞兒向來新鮮。」步惜歡笑了笑。「蓬萊心經中的幻心術罷了。」
大興民間的雜記裡有記載，海外有祖洲十島，島上有仙山，謂之蓬萊。暮青一直以為是民間傳說，未曾想真有蓬萊心經，聽著倒真像是祖洲仙術。

雅間裡雕案華美，雀羽錦席，步惜歡不欲多說，坐下執壺斟茶，問道：「不是要賭錢？」

暮青問：「他事後可會記得中過此術？」

「他會覺得作了一個成仙的美夢，如至仙山，拜聽仙音。」茶湯清綠，清香嫋嫋，步惜歡的容顏隱在茶氣後，眉宇間意態冷沉。「煙花之地，茶果不淨，倒真讓妳說對了。」

「茶裡有毒？」暮青問時，步惜歡抬手一拂，茶盞滑到司徒春眼前，他迷濛的眼神頓時深如夜海，靜謐幽沉。

暮青忙拉步惜歡，司徒春知道她不是為了尋歡而來，竟在茶中下了迷魂藥。

步惜歡使巧力將暮青帶入懷中，笑道：「投懷送抱也別在此，或是娘子喜愛掛滿春宮圖的屋子？我們日後備一間如何？」

暮青道：「你怎不說到義莊尋些屍體來，擺個滿屋子的春宮十八式？」

步惜歡眸光一亮，似真似假地道：「娘子口味真重，妳若喜歡，為夫願意滿足。」

暮青起身，袖子一拂，怒風甩了步惜歡一臉。

步惜歡在那怒風裡笑得愉悅，笑罷言歸正傳：「不是要賭錢？賭吧。」

「你既然用了幻心術，何需真賭？」暮青的目的只是將安鶴引來。「讓他將長春院裡的銀子有多少拿多少來。」

步惜歡笑道：「謹遵都督鈞令。」

「去，將長春院裡的銀子有多少拿多少來。」步惜歡吩咐罷，司徒春便出了門。

約莫一刻，司徒春抱著只方盒回來，盒子裡是一捆捆銀票，足有白銀五十萬兩。

「收歸國庫。」暮青將盒子推給步惜歡，說道：「可以回去了。」

司徒春失了銀子，清醒後必會稟告安鶴，安鶴最快也要明晚才能來。

步惜歡臨走前對司徒春道：「記住，你與英睿都督賭錢輸了銀子。」

司徒春緩緩地點了點頭，步惜歡便和暮青走了。

「我自己回府便好。」一出花街柳巷，暮青就道。她不知步惜歡今夜是以臨幸何人為由出的宮，但男妃安排在朝臣府中，府裡必有宮中的眼線。

「嗯。」步惜歡往街角青牆上一倚，笑容在清冷的月色裡有些朦朧。牆縫裡有雪，暮青皺著眉道：「磨破了衣袍，別找我補。」

「不冷。」步惜歡笑道，她哪是怕他磨破衣袍，分明是怕他著涼。她最是心細重情，只是不善言辭。

被人看穿，暮青轉身便走，步惜歡在街角看著暮青去得遠了，命侍衛跟上，這才隱入了巷中。

內務府總管府。

上元節前，這裡闢出了間別院，院子裡住著的人身分尷尬，是總管府多年前送入行宮的庶子。

這庶子是內務府總管彭順養在府外的，其母是個戲子，因其承了生母的美貌，便被送進了行宮。

夜深人靜，承歡聲聽得值夜的小廝們面紅耳赤。

別院內外守著御林衛，一個端茶小廝被喚了進來，范通接了茶，來不及掩門就去了榻前，帳簾撩開，彭公子將茶奉至天子面前。天子衣衫半褪，媚眼如絲，眉宇間春情未褪，喝了幾口便將茶盞遞給了范通。

小廝低頭，心怦怦直跳，暗道：世人都說聖上喜雌伏，沒想到床笫間會有那般春媚之色。

范通將茶盞遞出門來，小廝退了下去，便往書房稟事去了。人剛走，後窗無聲自開，一人掠入屋中，兩人下榻時面上不帶一絲春色，跪下道：「主子。」

步惜歡摘了面具，臉色蒼白。

范通進了屋，一張臉沉得越發像死人。「老奴去請瑾王來。」

「半夜三更的，他在侯府，你倒是能把人請來，何時長本事了？」步惜歡將面具丟去桌上。

「為陛下分憂是老奴的分內事，豁出命也要把人請來。」

步惜歡沒好氣地道：「你是越老越會說話了。」

范通眼皮子都不抬。「陛下倒是越來越年輕了。」

陛下老成隱忍，擅掌大局，如今動了情，倒越來越像這年紀的人了。

這是好事，也是壞事。

蓬萊心經乃至聖之寶，其心法頗似求仙問道，修煉時需心如止水，否則必受反噬。此經練成後彈指間可掌武林，但未臻化境時不可擅動，實乃雙刃劍。尤其是幻心術，稍有不慎便有走火入魔功力盡失之險。陛下潛修多年，只差一重便臻化境，今夜冒此大險，想必是為情。

「好了，一個個牙尖嘴利的，好的不跟她學。」步惜歡緩步入榻，盤膝闔眸。「朕調息些時辰，你們盯著外頭。」

三人領旨，范通放下帳簾，給兩人使了個眼色，小廝從書房回來，聽見歡聲，面紅耳赤地退到院外值守去了。

輸了五十萬兩銀子，司徒春不敢回稟安鶴，一大清早便來都督府求見。暮青未見，只命人遞了話出去——今夜子時，她要在昨晚那間屋裡見到安鶴，否則銀子的事，她會替司徒春稟明。

……

入夜，步惜歡來時已易容好了，兩人到長春院時，安鶴還未來。

龜奴將暮青請到屋裡，不知等了多久，夜風起時，院外有人聲傳來。

「裡頭兒？」太監的聲音尖細悠長。

步惜歡彈指滅了火燭，屋裡一黑之時，一物咻地破窗而出！

安鶴正往廊前來，聽見咻聲疾退，身後撲通一聲，司徒春雙目圓睜，眉心插著朵紅梅，血珠滾出，殷紅美麗。

安鶴縱身折回，一腳勾起屍體踢向房門！

房門忽開，饕風掃來，樹梢不動，花枝不折，屍體卻當空一翻，滾進了梅花林裡。

「屋中何人？」安鶴心中凜然，不知何人內力如此深厚，竟可無勁無形。他退至院子門口，只見落梅隨風蕩來，漫天飄灑，如天降紅雪。他欲出院，卻身置梅海，落梅襲人無聲，殺氣不露，卻片片如刀。

安鶴怒笑一聲，雨花宮袍鼓蕩生風，袖下現出一條金鞭，凌空一掃，劈開落花之際，隱約見屋裡有人緩步而出。

冷月清輝灑在廊下，那人立在廊內，指間拈著一朵紅梅，月光照著那花那手，花紅刺目，手腕清俊。

那人只看花，不說話，落梅卻知其意似的，迎面撲來！

安鶴揮鞭便打，鞭聲如雷，如金電裂空，卻掃不盡一院飛花。

飛花越碎，花海越密，安鶴心覺不妙卻脫身不得。他習武半生，少遇敵手，今夜竟遭千刀萬剮，血肉隨花飛濺，金鞭落地之時，安鶴不得已內力大震，鼓蕩衣袂隔開飛花。他心知如此抵禦，內力遲早耗盡，卻也知隔空飛花，那人損耗的內力比他重。

安鶴看向廊下，大有一比內力之意，卻不見那人挪動，只見月色當空，殘花如海。未幾，安鶴似有不支，忽使靴尖挑起金鞭凌空一打，飛花乍散之際，他掠向院門，看似要逃，卻忽然扯住金鞭一擲。

這一擲，耗盡內力，刺破花海，直指廊下！

離廊下有丈許之遙時，鞭骨忽開，一團毒煙撲向廊下。廊下之人抬頭，指尖一挑，解落風袍，毒霧被遮之時，飛花盡回身前。安鶴見機要逃，廊下之人一個彈指，紅梅打上金鞭，正中安鶴的後背。

噗！

安鶴噴出口血，撲在院子門口便起不來了。

金鞭妙法，毀石斷骨，這一鞭打斷了他的腰骨。

步惜歡瞥了眼屋裡，暮青面向院子盤膝坐著，不動不說話。

自安鶴來了，她就一直這麼望著院中，高手相拚，她不驚；毒煙撲面，她不懼。她的目光從未離開安鶴，此時人鬥敗重傷，她只是遙遙地看著，想起那夜義莊地上的白燈籠、舊草席。

步惜歡沒催，至仇近在眼前，是何滋味，他太懂。

當暮青出屋時，他已隔空點了安鶴的穴。

安鶴面朝院門，不見來人，只聽見腳步聲沉如萬斤，一步一碾，似要踏血逐月，收人魂魄。當人來到眼前，他看見冷月懸空，少年立在月下，眸深如淵，聲音沉如死海。

少年問：「你可記得去年五月，汴河城刺史府裡死的仵作？」

安鶴蔑笑，這等賤民他怎會記得？

少年指間寒光乍露，一把解剖刀猛地扎進安鶴的手背，那手已被飛花割殘，刀刺入手筋，頓時痛得安鶴雙目血紅，嗓中卻發不出聲音。

暮青眼中的狠戾更甚於他，她蹲下一字一句地道：「去年五月，汴河，柳妃，懿旨，滅口。」

安鶴聞言雙目圓睜，不知是憶起了往事還是驚於暮青知道懿旨之事。

「那仵作名叫暮懷山，是我爹。」暮青忽然道。

安鶴怔住，只見一張面具在他面前撕了下來，撕去一張粗眉細眼的面容，露出一張少女容顏，那容顏似天山寒雪、竹林清風，不是花般嬌豔，卻可冠絕群芳。

少女道：「我是暮懷山之女，暮青。」

安鶴大驚，心中若有猛鼓在敲，腦中湧出無數個念頭。

女子？

從軍西北，斷奇案、破箭陣、救新軍、守村莊、戰馬匪的是個女子？

勇闖狄部，地宮救帥，披甲還朝，金殿受封的是個女子？

「我爹被殺，是你自作主張還是受命行事？」暮青問。

安鶴震驚的思緒被扯了回來，臉上露出個快意的笑容，脂粉在月色下分外森白。他既然得知了她的身分，今夜豈有活命之理？將祕密帶入陰曹地府，看人苦尋一生，豈不快哉？自他進宮起，看見的便盡是醜惡嘴臉，起初他懼，可歲月熬人，漸漸的，他以此為樂，看見那些懷恨在心的人，他就覺得快意。臨死前若還能再見這番光景，那將是最美的送行禮。

但他沒有看到。

少女的眸星子般亮，映著他醜惡的嘴臉，不惱不恨，平靜地問：「你殺我爹是自作主張？是受命行事？」

她跟他遇見的仇人大不相同，他不開口，她不惱也不用刑，似乎只憑詢問便可得知真相。

「你受誰之命行事？」當暮青如此問，安鶴露出了驚意。

「你受太皇太后之命行事？」暮青又問。

安鶴驚意未去，又生怔色，暮青見了，眸底霜寒煞人。

元敏！

她該想到的，只是不願冤枉人，故而等到了今日。

「你以何手段殺的人？」暮青接著問，聲音異常平靜。

步惜歡立在廊下，痛色深沉。凡獄事莫重於大辟，大辟莫重於初情……這番話他還記得，那夜一鍋面前論江山獄事，他被她的理想所震，今夜她面對仇人，寧可忍著喪父之痛也要將行凶細節再問一回，他除了疼惜，唯剩心折。

世間之人，心懷理想易，堅執如斯難。斷他人之案，清明公正易，斷至親之案，無堅忍而不能為。

「杖殺？毒殺？」暮青裹著大氅蹲在地上，月色下嬌小一團，聲比夜風涼：「你用的是什麼毒？砒霜？鶴頂紅？毒閻羅？」

安鶴一言不發，暮青卻停了下來，她皺了皺眉。

步惜歡走來，問道：「怎麼？」

暮青問：「你用的是鶴頂紅？」

安鶴不吭聲，暮青卻怔住了——怎會是鶴頂紅？

她站起身來，腳步微晃。「我爹身上有股苦杏仁味，巫瑾說是毒閻羅。」

鶴頂紅之毒來自紅信石，因其色像仙鶴頭頂上那一點紅，故而稱為鶴頂紅。其主要成分與砒霜一樣，只因不純而色澤不同，二者皆無苦杏仁味。

步惜歡道：「毒酒是他給的沒錯。」

暮青倒不懷疑此事，安鶴奉旨行事，毒酒必是他賜的，但酒中之毒為何會變成毒閻羅？

莫非有第二個下毒者？

「你可知酒中之毒換了？」暮青蹲下來問。

安鶴依舊不吭聲，只是死死地盯著步惜歡。步惜歡穿著武袍，換了張臉，氣度卻依舊雍容矜貴。

「沒錯，是朕。」他道。

老太監瞳眸驟縮，士族子弟皆習騎射，陛下也是。但太皇太后不准陛下學高深的武藝，他從未瞧出對方身懷絕學來。

陛下何時習武，師從何人，如何隱藏的？

安鶴心思急轉，他痴迷收集武林祕笈，對江湖各派的路數皆有瞭解，世間沒有深藏內力的功法……

不！有！

蓬萊心經！

傳聞此功乃祖洲仙人所修習的無上功法，能掌世間萬物，能化幽冥殺意，以無形制有形，以不殺止萬殺。其功未成時不可擅動，乍一看與常人無異。

安鶴的眼底忽然生出異色，陰毒嗜血——原來在你手裡！

他用盡手段折磨那人，從未想過那無上心法竟在陛下手中！

「你可知酒中之毒換了？」這時，暮青的話音將安鶴的思緒拉了回來。

安鶴看向暮青，眼尾的胭脂像一把燒紅的刀。

暮青接著問：「藥是你親自下的，還是——」

話未問完，只聽骨骼聲一響，安鶴折斷的腰蛇般一扭，上半身倏地直起，雙指冷不防地探向暮青的喉嚨！

暮青沒想到安鶴竟能解開穴道，她仰面急避之時，腰身被人攬住，腳下乘風而起，見一隻斷手在夜空下劃過，血珠如線，似星辰下架起一道血色長橋。

步惜歡帶著暮青落到廊下，衣袂舒捲猶如冷雲，一袖梨白覆了寒霜。

暮青一落地便走向安鶴，安鶴抽搐著，斷腕血湧如泉，另一隻手上還插著一把刀。她將刀一拔，繼續剛才的問題：「藥是你親自下的，還是宮人下的？」

步惜歡在廊下伸手，一朵梅花乘風落在了指尖。

安鶴森然一笑，依舊拒答。

暮青一刀扎進他的斷腕裡，安鶴眼底充血，面容扭曲。

暮青問：「誰下的毒？」

安鶴不答，暮青將刀一攪，順手拔了把枯草，往安鶴嘴裡一塞，堵住了慘叫聲。

「誰下的毒？」

「問了也沒用。」步惜歡走了過來。「那些人事後都已被杖殺。」

暮青想不出第二個下毒者會是誰，接觸過柳妃案的人既然要死，有什麼必要往毒酒裡再下毒？

毒乃巫瑾所製，下毒者是盜毒者也好，買毒者也罷，這人都非富即貴。

如此推斷，要查此人也不是無從下手。

一可從毒閻羅查起，查盜毒之人和毒的去向。

二可查娘的身世，爹一介仵作，不太可能與貴人結怨，武平侯一族有無政敵、仇家，卻不好說。

三可查柳妃。假如那人要殺的是爹，那只可能和柳妃有關，柳妃來京投靠的親戚和她生的那個孩子都是線索。

柳妃案才過去半年，可以先查。

暮青理順了方向，又問安鶴：「柳妃有過生育的事，元敏知道嗎？」

安鶴此刻已神智模糊，聽聞此話睜了睜眼，眼中仍可見驚光。

「她知道。」暮青將安鶴嘴裡的枯草團子拔出，又問：「柳妃的孩子是誰的？」

安鶴扯出個陰毒的笑來，他十歲進宮，吃過冷飯，挨過酷刑，見慣了人心醜惡。天子可殺，婦人當道，閹人亦可一人之下萬人之上。今夜命喪於此，他倒要在陰曹地府看著，看她能不能在這鐵血王朝裡以女子之身尋一方立足之地。

「你不說沒關係，我自會去問元敏。」暮青淡淡地道。

安鶴猛地睜開眼，望見一雙清冷的眸。
「你被欺壓過，所以便欺壓人，看著那些人在你腳下慘號，你便覺得自己強不可摧。可你再強也無法獲得身體上的完整，所以便以折磨那些比你完整的人為樂。你想看我苦尋真相，尋而不得，痛苦一生。但你心裡有一個人，她曾在你危難時給過你溫暖，你留在她身邊，不僅因為她能給你地位，也因為當年之恩。你不願出賣她，哪怕你會死。」暮青居高臨下地望著安鶴，彷彿能看穿他的內心。「人都有感情，我也有，我除了驗屍別無所長，爹養育我十六年，不求高官厚祿名利財帛，只求兩餐溫飽平安和樂，卻被你們毀了。什麼門第高低、人命貴賤，我此生只信奉一個真理——欠債還錢，殺人償命！」
暮青的聲音陡然極寒，安鶴正抬著頭，只見寒光乍現，映亮了月色。
今夜月色美極，汩汩之音隨風傳來，安鶴聽了許久，才聽出那是自己脖子裡湧出來的血聲。他看見院子裡那一樹紅梅慢慢傾斜，最終歪去一角。他看見一雙清澈的眼眸，那眼眸是他此生沒有的，也是他一生所見的最後的風景。
安鶴的雙眼漸漸沒了神采，暮青的手卻在抖。
步惜歡將暮青扶了起來，取出帕子為她擦拭手上的血。她的手不該用來做這些，今夜這一條人命，他知道她心裡不好受。
暮青看著安鶴，他半個腔子都露了出來，若這是她出的命案現場，她定會推測凶手是男子。在下手前，她從不知自己有這般氣力，竟能一刀割斷人半個脖子。

暮青將手從步惜歡的手裡抽了出來，將安鶴的人頭割下，擺在廊上，面朝南方。她解下大氅，露出一身素衣，月光灑在肩頭，如掛霜雪，似披重孝。風過樹梢，低低颯颯，暮青跪到廊下，聲如悶雷。

「爹，女兒不孝！」她汴河尋凶，西北從軍，到了盛京才查出一點眉目。半年來，她不曾拜祭過爹，今夜斬得仇人頭顱遙祭，卻未帶紙錢香燭，她有愧。

「青青。」步惜歡望著暮青的背影，眸底痛意深沉。「妳爹的死，我也有責任。」

暮青肩頭一顫，沉默地跪著，額頭磕在廊上，似承受著不能承受之重。

「那時，朝中奏請西北軍在江南徵兵，元家覬覦江南之心昭然若揭，我不能坐以待斃，於是帶著柳妃南下，只為告訴天下人，我可寵幸宮妃，並非只好男色。」他籌碼已久，羽翼漸豐，於是試著改變天下風向。「柳妃之死，我因不想再擔汙名而下旨徹查，我沒指望能查出凶手，只是想鬧出些動靜給天下人看，可最後……卻害了妳爹。」

暮青聽著，許久後才問：「我爹被賜毒酒時，你在刺史府？」

步惜歡道：「我在行宮。」

安鶴不識暮懷山，找個死囚把人換了不是不可，只是他那時沒想過為一介仵作費這心思。可到頭來，那時的毫不在意卻成了今日的心魔。

若那日她爹未亡，他與她或許不會相遇；至親之死讓他們相遇，卻讓他此生都有愧於她。

「青青，此事終是我……」

「步惜歡。」暮青忽然起身道：「我心裡很亂，想靜一靜，今夜多謝你。」說罷，暮青轉身離去，與步惜歡擦身而過時，她未抬頭，戴上面具時手禁不住的顫抖。

步惜歡望著暮青，聽見院門打開，看見她決然而去的背影。

夜風吹來，滿園腥甜，男子低頭，望著廊下的紫貂大氅，慘笑一聲，喉口一甜，咳出口血來。她還是怨他的……

梅林裡颯颯一動，四名隱衛見勢現身。

「主子！」月影扶住步惜歡。「快！想法子去鎮軍侯府報信，讓瑾王務必出府一趟！」

「將後事處理好。」步惜歡跪在廊下，嘴角鮮紅刺目。

兩名隱衛應是，兩人的身量胖瘦乍一瞧，竟與安鶴和司徒春頗像。

步惜歡拾起大氅，起身時沒讓月影攙扶，獨自出了院子，一路走遠。

第七章

心為卿兮

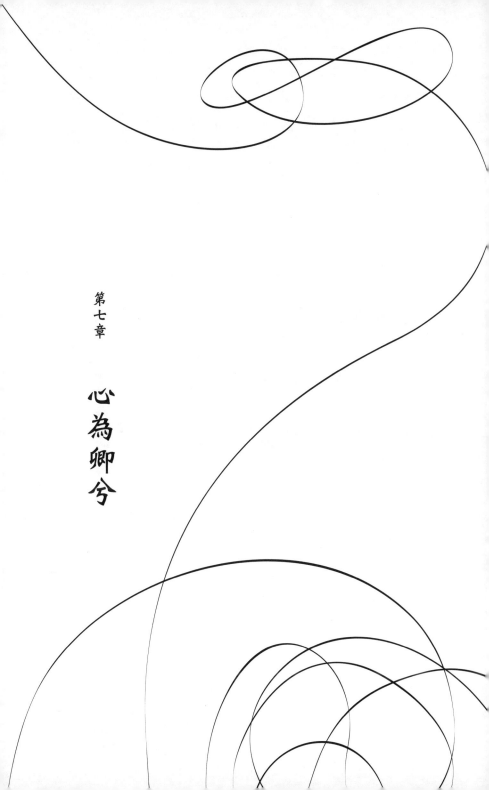

巫瑾是南圖國質子，王府在外城，掩在烏竹林裡，院中有棵老檀樹。檀枝搖曳，遮了半扇軒窗，隱約聞見暖閣裡熏著清苦的松木香。

步惜歡倚在榻上閉目養神，眉宇間融著濃濃的倦意。

巫瑾攏袖立在榻前，不診脈不施針，涼涼地道：「你既找死，何需我救？」

步惜歡道：「我死了，你此生難回故國。」

巫瑾譏諷道：「怪我識人不清，把心經給了你，原以為你能成大業，沒想到你竟不顧時勢妄動神功。我很好奇，你隱忍多年，何事讓你甘冒大險？」

步惜歡淡淡地看了眼巫瑾，目光懾人。「你何時變成好奇之人了？」

巫瑾無話，窗外檀枝搖曳，映在雪錦廣袖上，猶如鬼手。

月影心急如焚，正要開口，巫瑾的袖下忽然彈出一物，那東西極快，落在步惜歡的手腕上張口便咬、見血便融，眨眼間就不見了，只留下一滴血珠，豔如朱砂。

步惜歡眉心如雪，額上滲出細汗，卻神態自若。

月影不由心驚，難道主子這回真傷得如此重，需要以蠱洗髓？他跟隨主子多年，知道早年江湖爭鬥，主子曾因大動神功而以蠱洗髓，此法形同剔經刮骨，奇痛無比，那時主子百日方能下榻，這回……

「百日內不可再動神功。」巫瑾說罷，轉身便走。

「王爺！」月影喚住巫瑾，當年主子以蠱療傷，他可是給主子施針鎮痛的，難道今夜袖手不管？

「我得回侯府，元修剛醒，我藉口取藥才出來的。時勢緊迫，江北水師練成之日便是元家起事之時，你還剩多少時日練功，自己心裡清楚。」巫瑾說罷便出了暖閣。

「王爺！」

「不必喊了。」步惜歡盤膝坐起。「朕的功力已至九重，調息時真力運行，他的針哪裡鎮得住。」

松香清苦，燭火煌煌，男子閉目調息，衣衫盡溼，容顏透淨，似瑤池上仙，浴劫在即，羽化將去。

月影看在眼裡，憂在心頭。

針鎮不住，不還有藥嗎？瑾王連藥都沒留，這不是成心的嗎？

唉！

這三日，京城翻了天。

事涉西北軍撫恤銀貪汙案的朝臣全被罷官抄家，贓官皆斬，女眷貶為賤籍，男丁永不入仕。

十位朝臣皆是高官，斬首那日，盛京的百姓都想一睹少年都督的風采，卻發現監斬席上缺了一人。

暮青稱病，把自己關在了閣樓裡。

元修想來探望，華郡主不同意，請巫瑾過府為暮青診脈，又遣婆子送了盒老參並燕窩等補品到都督府。

暮青拒不見客，奈何巫瑾看似溫和，卻不好說話，劉黑子推託不過，只好報知暮青。

暮青無奈之下到了花廳，見到巫瑾便說道：「王爺也看見了，我並非有疾，只是心情不佳，故而稱病謝客。」

巫瑾看著暮青的臉，意味深長地道：「心疾亦是疾，都督面色微黃，眼下見青，眼底血絲甚密，這心疾恐怕是苦疾。」

暮青戴著面具，本就是黃臉，不知巫瑾是怎麼看出她眼下見青的。她正疑著，巫瑾已下筆成方。

「都督按此方抓三副藥，睡前服用，可養神蓄氣，鬱結自解。」巫瑾說罷便告辭了。

暮青望著巫瑾的背影，一時回不過神來。

月殺冷哼道：「妳倒是有方子了，主子……」

主子這三日生受療傷之苦，巫瑾連副止痛的方子都不開，倒有閒心給人開什麼養神蓄氣的方子！

「步惜歡怎麼了？」暮青猛地醒過神來。

「主子有令，不能跟妳說。」月殺說罷轉身就走，主子之命不能違背，但主子沒說不能說一半留一半，是這女人自己猜出來的，不關他的事。

暮青捏著藥方，寒聲問：「他在哪兒？」

「……」

「你若不說，今夜便回去他那兒吧！」這不是威脅，聽月殺的語氣，步惜歡的情形一定不好，他身為刺部首領，回去許能幫上忙。

「外城北，烏竹林，瑾王府。」主子說不許透露他的傷勢，沒說不許透露養傷之處，這也不算違令。

聽見瑾王府，暮青先是愣了愣，隨即出了花廳，急奔門口。

「都督要出府？」守門的石大海見到暮青甚是驚奇，誰都知道，都督把自己關了三天了。

「嗯。」

「這幾日宵禁，俺去給都督備馬車，車軲轆拿棉布包起來，保準跑起來沒聲兒……」石大海邊絮叨邊去趕馬車，待將馬車趕出來，卻見府門開著，暮青已經走了。

外城北，烏竹林。

暮青立在竹林裡，望著三進小院裡透出的燈火，神情恍惚。

近鄉情怯，近人情更怯，她竟也有怕的時候，更可笑的是怕進這院子，卻不知何時已走到了門口。

還沒敲門，門便開了，開門之人黑衫蒙面，暮青卻識得他的眼睛。此人在汴州刺史府時曾跟在步惜歡身邊，應是月部的首領——月影。

烏竹林裡十丈一哨，到處是隱衛，暮青踏進竹林時月影就知道了。

「妳來見主子？」月影問。

「他……還好嗎？」暮青也問。

還好？

還好沒死！

「跟我來吧。」月影轉身，頭前引路。

王府只有三進，進了正堂繞過二堂便是後園，月影在園子外頭低聲道：「主子調息了三日，一個時辰前剛睡下。妳……」

話沒說完，暮青已進了園子，她的腳步放得極輕，推門時怕吵擾屋裡人，只推開半扇便側身進了屋。

屋裡傳出一股清苦的松木香，香爐擺在榻前，白香嫋嫋。帳簾未放，榻上臥著一人，一幅雪袖瀉落榻前，籠著嫋嫋白香，袖下之手白如霜色。

步惜歡睡得正沉，不見了往日的雍容散漫，溼髮遮了半張如畫容顏，額間汗珠細密如雨。

暮青立在門口，忽覺熏香太苦，從喉嚨到心口，讓人喘不上氣。她盯著榻上人，腿腳鐵石般重，許久後，忽然拔開腿腳，退出了房門。

「妳這樣便走？」月影心頭燒起一團火，他一直覺得他比月殺恪守本分，絕不管主子的私事，但見暮青這就要走，還是生了怒意。「妳知不知道，主子這副模樣都是為妳！他練的是無上神功，未臻化境不可輕動，否則輕則身受內傷，重則走火入魔，功力盡毀！那司徒春——」

「閉嘴！」暮青低聲喝止，回身時有些僵。「他的功力你比我清楚，他剛睡，你想吵醒他就繼續說。」

月影頓時閉嘴。

「月殺說他缺藥方，可有此事？」暮青問。

月影一愣，答道：「有。」

「是何藥方？」

「鎮痛的方子。」

「他在王府裡，此方很難得嗎？」

「王爺怪主子擅動神功不顧大局，因此沒開藥方，這三日主子是生生受著蠱噬之苦的。」

暮青聽著，眉心添了層霜色。「等著！」

月影直到暮青去得遠了才回過神來，莫非她剛來就走，是想先尋藥方？

這回主子太險，他一直在想到底值不值，如今看來……也許值得。世間不缺那些安居後宅相夫教子的女子，缺的是在這種關頭還能保持清醒，看得清什麼最重要，並為主子找來的人。

方才他出言責難，她沒解釋，問明事由便走了。而主子為她籌謀的事也從不准侍衛們告訴她，這兩人……倒真有些像。

只不過，主子已被世事磨圓了稜角，而她鋒銳尚存。

月影望著暮青離去的方向，忽然想起近日宵禁，她來時沒乘馬車，王府偏僻，從內城步行來此已是腳力不錯了，要是去而復返，豈不是要把腿跑斷？

暮青走的是密道，觀音廟到榮記古董鋪的那條密道。觀音廟離城門近，瑾王府卻在城北，而都督府到榮記要從城南走到城北，路途甚遠。

城中宵禁，哪怕車軲轆包了棉布，馬也難保不發出嘶鳴聲，因此暮青只能步行。出府時剛二更天，回府時已四更末了，她差石大海到鎮軍侯府謊稱自己風寒加重，請巫瑾過府診脈。

巫瑾來時，暮青坐在花廳裡，哪有半分病態？

「夤夜請王爺前來，實在過意不去，因有要事，想求一張藥方。」暮青說此話時遣退了人。

她識得藥草，巫瑾為她開的那張方子是調理氣血的，他興許已在懷疑她的身分了。但那張方子與鎮痛無關，因此她才要回府求方。

「哦？」巫瑾頗有興味地問：「我不是開了張藥方給都督？」

「王爺不號脈便能為下官開方，想必另一張方子也開得出來。」

「是何方子？」

「蠱蟲療傷後的鎮痛之方。」

巫瑾聞言，笑意漸淡，目光微涼。

暮青起身便跪，沉聲道：「他擅動功力，為的是替我報殺父之仇，此事因我而起，我願向王爺請罪，望王爺賜方，我欠王爺一個人情！」

巫瑾是屬國質子，大興臣子對他不能行全禮，暮青此禮算得上是大禮了。傳聞中上朝罵得百官不敢出聲，下朝見了太皇太后都不見禮的人，此刻竟為了一張鎮痛的方子屈膝低頭。

院外朔風低號，越發顯得花廳裡靜寂如死。

不知過了多久，暮青面前伸來一隻手，巫瑾有潔癖，竟將她扶了起來。「我視都督為知己，不過是張方子，何需如此？」

暮青不抬頭，也不說話。

巫瑾嘆了一聲，只好寫方遞藥。「此藥晨時服一粒，此方煎服，日服三次。」

「謝王爺！」暮青收下，鄭重道謝。

「知己難尋，你我之間不需言謝。」巫瑾收了藥箱便起身告辭，暮青親自將他送出了府。

天色尚黑，打著鎮軍侯府燈籠的馬車行在長街上，巫瑾挑開簾子，望著宵禁的皇城，呢喃之語如夜裡的風聲：「你終是……比我幸運，能得一人如此待你……」

暮青出府時已是五更天，進榮記、走密道、出觀音廟、進了外城北時，天已朦朦亮，她尋了間藥鋪抓了藥，便往瑾王府趕去。

一夜奔波，到了王府時，天色已經大亮。

月影見暮青真把藥提回來了，不由露出感激之色，忙去煎藥了。

暮青進了屋，到了榻前，步惜歡仍睡著。晨光熹微，照不見窗臺三尺明淨，華帳半掩，掩不住男子容顏蒼白憔悴。

暮青坐到榻邊，倒出一粒藥來，藥丸很小，很方便病人服用，無需水送便可餵服。

服藥過後，步惜歡的氣息平穩了些，暮青便到灶房裡燒了盆水端進了屋，將步惜歡的髮絲綁好，拿帕子仔細地為他拭汗。

月影端著湯藥進屋時，暮青吩咐道：「我來餵藥，你去備身乾爽的衣衫，待會兒我幫他擦身更衣。」

月影應了，卻有些猶豫。「那個……褻褲也要備？」

暮青拿來靠枕，正扶步惜歡，聽見這話詫異地問：「你家主子平時不穿褻褲？或者，他有不換褻褲的習慣？」

月影像看怪胎一樣地看著暮青，他總算知道月殺在她身邊待了半年，為何越來越急性子了——她真的有把人逼瘋的本事！還好主子沒醒，不然怕是要再內傷一回。

「等著！」月影出了房門，暗道自己幹不了月殺的活兒，日後還是奉行以往的處事之道好了，主子的事一概不摻和，再也不多嘴了。

暖閣裡靜了下來，步惜歡低著頭睡得沉，暮青默不作聲地端起了藥碗。玉碗溫潤，藥湯清苦，恍惚間令人想起西北那夜，她大病初癒，他榻旁餵藥。

而今，西北的天已遠，榻上的人已換。

藥送來時就是溫的，暮青舀起一杓試了試，這才送到步惜歡的脣邊，輕聲道：「喝藥了，張嘴。」

彷彿睡夢裡還能聽見人言，步惜歡微微張嘴將藥吞盡，一滴也沒灑。

暮青沒說破，又去舀藥。「張嘴。」

她讓他張嘴他便張，讓他喝他便喝，這一碗苦藥二、三十口便喝盡了。

暮青扶著步惜歡躺下便出了屋，後園裡有間灶房通著暖閣，一口鍋裡煮著熱水，一口鍋空著。她在灶下生了小火，慢慢煮粥，而後端了盆熱水回到了屋裡。

剛進屋，月影便捧著套衣衫回來了，衣衫做工講究，裡外兩層，裡層是素棉，外頭是雲錦。

暮青道：「換了，中衣要備素棉的，貼身的衣裳要以舒適為上，素棉吸汗透氣，加層錦面兒反倒捂人，人病著，汗散不出去，對身子不好。」

月影不懂一件衣裳怎麼這麼多的講究，但他還是辦差去了，走時看了暮青一眼——她心細起來，倒挺貼心的。

月影走後，暮青便為步惜歡寬了衣，巫瑾的藥見效頗快，他已不再出汗了。男子衣衫半敞，玉肌生輝，暮青擰乾帕子輕輕地擦拭，擦他如畫般的眉眼，她想起那祖洲上仙；擦他清俊的手指，她想起仙山玉竹；擦他的胸膛，她想起寧靜避風的港……當她勾住他的褲帶，要扯動之時，他的手覆來，按住了她的手。

「好了……」步惜歡睜開眼，嗓音微啞，眸深如海。

暮青問：「醒了？」

步惜歡一笑，氣虛聲浮。「早醒了，妳不是知道？」

暮青知道，只是見他裝睡，便不說破，以為他能忍到何時，這麼快就忍不住了。

「我熬了粥，去瞧瞧。」暮青為步惜歡蓋上錦被便要起身。

「青青。」他喚了一聲，不肯鬆手。

「有話待你有了力氣再說。」她明明能掙脫，卻沒有動。

步惜歡望著暮青，那般深深的凝望，許久後才鬆開手，臉上帶起一貫的笑意。「好。」

粥煮好了，暮青盛出待涼，順手尋兩樣冬菜下鍋炒了，待菜炒好，粥也溫了。

回屋時，一碗白粥，兩碟素菜，冒著騰騰熱氣，模糊了暮青的容顏。她摘了面具，從門口走到榻前的模樣讓步惜歡有些發怔。

「好香。」步惜歡望著粥菜道。

暮青扶他起了身，取了件外袍為他披上，又取來靠枕讓他倚好，這才將粥菜端來，她坐在榻旁，一如西北那夜。

清粥香濃，小菜青翠，暮青捧著碗慢慢地調，窗外晨光明淨，歲月如此靜好。她舀了杓粥，輕抿了口才遞給步惜歡。

步惜歡倚在榻上嘗了口，虛弱的笑容讓人的心莫名揪著，宮裡也有清粥小菜，卻從無這般滋味，這便是民間所說的家常味道吧？

他喝得慢，哪怕病著，用膳時也有股子矜貴氣度，待碗見了底，他滿足地笑嘆：「好香。」

「香也只能中午再喝了。」暮青道，他的脾胃尚虛，一碗足夠了。

她端著碗出了暖閣，男子望著她的背影，眸光微動。

中午……

她中午還會在這兒。

暮青回來時端著碗溫水，一杓一杓地餵步惜歡喝了些水，要去放碗時，他按住了她。

「好了，歇會兒吧。」步惜歡的聲音依舊虛弱，不比用膳前好多少。他望著暮青，小心翼翼的，在她面前，他從來如此忐忑，小心呵護，期許等待，但終是錯了一步。

那夜，她決然離去，那背影刻在他心裡，蝕骨誅心，幾成心魔。他以為她此生都會怪他，再難求終生相伴，未曾想她能尋來，榻前照料，悉心周到。

「青青。」他有滿腔說不清道不明的心思，卻不知從何開口。「妳……」

「為何瞞著我？」暮青倒先問出了口。

「妳說呢？」步惜歡問。

暮青答不出，只要一想，心裡便一團亂麻。她從未想過，世間有比罪案難解的謎，而他就是那個謎。

步惜歡就知暮青不懂，她是世上最聰慧的女子，也是最笨的女子，可他偏愛她的笨，愛那一顆風霜不摧的赤子之心。「心悅卿兮，心為卿兮……妳可懂？」

暮青不出聲，男子的眼神撞進她心裡，她忽然便覺得被他握著的手似要燒起來。

他道：「我知妳不懂，兒女情長，妳從來不懂。我亦知妳心如璞玉，念舊重情，故而有些事不願妳知道。妳心悅我，我心悅妳，此謂兩情相悅，感激之情要之何用？我亦有我的驕傲，不願用感激困住一個女子，妳可懂？」

暮青不出聲，手卻忽的收緊。

步惜歡撫著那手，心裡微苦，他曾想著，若有一日她願與他相伴，定要她是因為他，而非無謂的感激。可如今莫說感激，她不恨他，肯來照顧他，他便已經歡喜成狂了。

「青青，妳爹的事，我……」

「我不怪你。」暮青道。

步惜歡一怔，想起那夜決然離去的背影，不由恍神。

暮青起身走到窗邊，背影在窗前顯出一道孤涼的輪廓，步惜歡看不見那輪廓，卻聽得見聲音。

「我怪我自己。」她的聲音向來如林間清風，此時卻別有幾分低沉。「你以為你不說，我就不知道嗎？」

步惜歡當初下旨追查柳妃案，不過是做給世人看的，以表明柳妃非他所殺，凶手查不查得到根本就無妨。即便查到了，他與元家之爭也絕非是一個柳妃案就能定乾坤的，這件案子裡的所有人都不過是皇權之爭的犧牲品罷了。

她怎能不知假如他未追查柳妃案，爹就不會死？怎能不知他若有心救人，定有辦法？

可是，她從未正視過這件事。

「要追查真凶的人是我，我竟需要你先說破這件事。我不能原諒自己，對不起爹的人不是你，而是我。」暮青閉上眼，那時爹與步惜歡非親非故，以他的處境，自然不願多費心神。但她不同，逃避就是她的錯。

那夜，他一語戳破此事，她無地自容，匆匆離去，閉門三日，才知從她逃避那日起，她便輸了心。

她做不到公正，有何理由責怪他人？

暖閣裡極靜，半晌，步惜歡欲下榻來，暮青聽見聲響，忙回去扶住了他。

「何需如此苦著自己？」步惜歡看著暮青，他該歡喜的，可他寧願她怪他。「原以為妳有多聰明，如今看來倒是個傻的。世事怨天怨人易，責己醒己難，何不擇易事而行？」

他記得曾對她說過，人生行事當擇上風向，可她從不懂得尋捷徑，手裡有刀先誅己，凡事都要求一個問心無愧，真是太傻。

恨別人不比恨自己容易？世人皆是如此。

「何需事事都要像斷案那般審個清楚明白，對幾分錯幾分，一分不可糊塗？」他原以為他懂她，今日才知不夠懂她。他原以為一個女子有天下無冤的理想已是難得，今日才知她把自己也算在天下人裡，容不得有錯。

見暮青不吭聲，步惜歡問：「妳真的不怪我？」

「不怪。」她的心已經偏著他了，如何怪？她有多偏著他，就有多怪自己。

「那妳答應我一件事，可好？」

「何事？」

「日後妳我之間不可藏事，妳需做事時多說一句，讓我知道妳的心思，妳我苦樂同擔。妳待人寡言疏離，待我不可如此，此番之事，我以為妳怪我，心中受了百般的苦，而妳怪自己，亦受了百般的苦。我們不可再如此，妳爹的事，妳有愧，我亦有愧，人已故去，補償無用，但妳我可以一同擔著這份愧疚，若有來世，一同去償。」步惜歡理著暮青的髮絲道。

暮青的心似被海浪拍著，眼有些酸澀，半晌，點了點頭。

她少有軟弱之時，步惜歡看得出神，這氣氛讓暮青委實不自在，她起身說道：「我再幫你擦擦身子，方才沒擦完。」

步惜歡的笑容頓時僵住，方才沒擦完的地兒是……

這時，暮青已到了門口，一推門，月影正端著衣袍候在外頭。

暮青吩咐人備水，水提進房內，門一關上，暮青便寬了步惜歡的外袍，要解他的褲帶。

步惜歡急忙按住她的手。「青青……」

暮青問：「害羞？」

步惜歡咳了一聲，不知是羞還是惱，愣是緩了好幾口氣，蒼白的臉色漸漸的如暖玉生輝，連指尖兒都生了粉色。

暮青總算明白他是真害羞了，不由問道：「你是怕擦身時有反應會尷尬？」

步惜歡沒接話。

「可你不覺得，沒有反應才該尷尬？」暮青問。

步惜歡聞言，臉上的顏色頓時如同十里桃花開，從未這般好看過。

正在愣神兒的工夫，他忽覺一涼，那一刻，什麼帝王心術都壓不住驚濤駭浪般的震驚。

偏偏暮青仍要語不驚人死不休：「還挺好看，呃……我說膚色。」

步惜歡抬臂遮眸，雙肩微顫，瞧著在笑，笑裡卻有著更複雜激烈的情緒。他聽見她撈出帕子擰乾，水聲刺激著耳力，像有什麼擊在心口，連呼吸都有些不暢。

緊張，他這輩子竟也能品一回這滋味。

當暮青回到榻前，步惜歡抬臂抵住額頭，啞聲笑問：「哦？妳還見過膚色不同的？」

他知道她定是驗屍時見過，問這話不過是想與她調笑幾句，別只有他一個人緊張，顯得雛兒似的。

「見過，驗屍的時候。」暮青果然道：「黑的紫的，粉的白的，還有爛的。」

爛的？

步惜歡笑容微滯，忽然無話。

氣氛靜下來之後，便是溫柔的折磨。

暮青低著頭，藏住眸底的笑意，她幫他擦身原是因為他出了太多汗，但見他執意不肯，她反倒生出了故意之心。這很幼稚，她也不懂自己怎會有此玩心，她驗過的屍數不勝數，什麼相貌的沒見過？

但……

暮青看著掌中飛燕化龍，眉頭跳了跳，耳珠漸生春粉顏色。

半晌後，暮青默不作聲地換了盆水，幫步惜歡擦了背，換上了乾爽的衣衫，而後放下了床帳。

床帳一放下來，隔著帳子，兩人都鬆了口氣。

榻前的松木香燃盡了，暮青吩咐月影來點上，自己端著那身汗溼的衣袍出了門。

松木香在暖閣裡嫋嫋燃起，步惜歡聽見月影要走，笑容淡了些，問道：「藥是巫瑾給她的？」

……

暮青洗衣回來，以為步惜歡已經睡了，卻見帳子攏著，男子的目光深邃如淵。

「怎麼不睡？」暮青問。

「若我不問，妳就打算不說？」步惜歡蹙著眉，眸中盡是疼惜之色。「腿腳可痛？」

暮青道：「不疼，以前驗屍常走山路，習慣了。」

「我瞧瞧。」步惜歡道，她屈膝求藥，外城內城一夜三趟，徒步五個時辰為他求一鎮痛之方，這些事若是月影不回稟，以她的性子這輩子都不會告訴他。就算是軍中精兵徒步五個時辰，腳上也得磨出水泡，他不信她不痛，只恨醒來時見她在側，歡喜太過，竟沒瞧出她的腿腳有何不便。

「去了趟西北，別的沒學會，身上有痛，牙咬碎了都不說的本事倒是學得好。」步惜歡斥著暮青，惱的卻是自己。

「彼此彼此，陛下受了內傷，微臣也沒瞧出來。」暮青不冷不熱地反將一軍。

步惜歡還真被將得沒了話。

正當兩人沉默之時，月影在門外稟道：「主子，月殺急奏，有人急尋都督，來人拿了件東西。」

暮青聞言出門一看，眼神一亮——解剖刀！

鄭家人答應開棺驗屍了？

「我回府看看！」暮青說完便走，走到門口想起約定，又放緩了語氣：「你好好歇息，我夜裡再來。」

「不准來！」步惜歡沒好氣地道，昨晚走了一夜，今晚不歇著，還想著胡折騰。

暮青當沒聽見，月影備了輛馬車，把她送走後，回到暖閣覆命。

步惜歡道：「備輛馬車，朕換處地方歇著。」

「是，主子要歇去何處？」

「都督府。」

第八章

開棺下井

暮青回到都督府後，聽說鄭家人在望山樓裡等著，便去盛京府衙請了公文，點了月殺和劉黑子出城。

到了望山樓門口，暮青見到鄭家人，二人上了馬車便要出城。

這時，崔遠恰從望山樓裡出來，身後跟著五個少年，皆穿著素衣長衫，一看便知是寒門子弟。

「都督？」崔遠奉命結交寒門子弟，故而常來望山樓，今日是頭一遭見暮青過來。

暮青道：「趕著出城查案，他們是你的友人？」

「是。」崔遠一一引薦：「這位是良州賀晨，永州柳澤，渝州朱子明、朱子正兄弟，皆是江北人士。這位是江南人士，嶺南蕭文林。」

暮青一愣，目光在蕭文林身上頓了頓。

嶺南？那地兒靠近南圖了。

「我趕著出城辦案，三日後是春日宴，諸位若不嫌棄，不妨到府裡小坐。」暮青對五人道。

暮青名揚京城，少年們聽見相邀無不驚喜，崔遠忙替友人們道了謝。

暮青道聲走，劉黑子便駕著馬車出了城。

鄭郎中葬在京城三十里外的麥山上，馬車到了山腳下時已是晌午。

鄭家長子鄭當歸領著暮青上了半山腰，墳前已圍滿了人，除了鄭家人還有族裡的老人和村民。

村民們踮著腳、伸著脖子，見鄭當歸領著一名少年，少年一身白袍，貌不驚人，瞧著不過十七、八歲。

「老朽攜族人見過都督。」老族長見到暮青，忙帶著人行禮。

「開棺驗屍多有驚擾，還望族公勿怪。」暮青扶起族長，看了眼劉黑子。

依大興律，如若開棺，一要經苦主同意，二要有官府的公文備案，三要在公開場合下開棺，四要祭祀以慰在天之靈。

劉黑子將公文交給族長，老族長顫巍巍地把暮青請到了墳前。

鄭郎中遺孀王氏領著一家人跪在墳前哭著燒紙，族長主持祭祀儀式，暮青上了香撒了銀寶，族人們一一進香祭祀，耗了大半個時辰，族長才喊：「開墳——」

王氏的哭聲大了起來，見兩個壯年提來鋤頭要刨墳，便想撲上去阻止，鄭家老二悄聲道：「娘，您忘了前些天的事？要不查清，那凶徒再來……」

王氏當即止了哭聲。

「你們家中進了凶徒？」暮青問，鄭家人忽然同意開棺，她正奇怪，原來是家裡進了凶徒？

鄭家老二道：「正是。」
「何時之事？」
「五日前夜裡。」
「詳細說來！」
「就是……那夜約莫三更，一個黑衣蒙面的凶徒提刀闖進小的家，說我爹知道得太多，定將祕密告知了我們，所以要殺人滅口。幸虧有幾個軍爺在村子裡，將那凶徒給打跑了！」
「那凶徒真是如此說的？」
「小的不敢欺瞞都督，聽聞都督斷案如神，還請都督為小的一家做主，我爹死得冤枉！」
兩人說話的工夫，墳頭已被刨平，不久就見了棺材，待棺旁的土也扒了出來，族長道：「起棺——」
鄭家當年有些積蓄，棺木用料甚好，人下葬了十幾年，棺材保存得還算完整。四個青壯年下了墳坑，鄭家的兩個兒子扶著棺頭棺尾，漢子們吆喝著將棺木推到了墳坑上頭。
「起釘——開棺——」族公這一聲喊得長，山風送著聲音遠去，伴著婦孺的哭聲，聽得人心口發堵。

鄭家兩個兒子起了鉚釘，齊力一抬，一股子腐臭氣從棺中衝出，村民們急忙掩住口鼻。

「把孩子抱走。」暮青說話時已到了棺旁。

屍體當年在井裡泡爛了，沒法穿壽衣，鄭家人在屍身上蓋了套衣冠，以古玩珠翠壓著。如今陪葬品還在，衣袍早已腐黑，只剩幾縷繡圖蓋在白骨上，棺邊是密密麻麻的蟲蛹，臭氣熏天。

暮青穿戴妥當，用鑷子將未爛盡的衣袍提了出來，一副完整的骨架便出現在了眼前，她看著死者的頸骨道：「人是被掐死的。」

這連月殺都看出來了——鄭郎中的頸骨是碎的。

「死者的頸椎粉碎性骨折，舌骨縱向斷成四塊，為雙向擠壓力所致，即被人捏斷的。凶手的指力非常大，或是內力深厚。」暮青問月殺：「江湖中哪些門派能做到此事？」

「高手都能。」月殺涼涼地道：「我也能。」

「但你殺人時會把人的脖子捏碎嗎？」暮青問。

「捏斷就能死，捏碎豈不多費力氣？這凶手定是個二流殺手。」月殺道。

「那就是了，凶手捏碎死者的脖子可能有三種情況：一是力道把握不精準；二是行凶時出現了突發情況，他緊張之下力道失了準頭；三是他天生力大，習慣捏碎人的脖子。」

「妳不覺得這樣推斷，範圍太廣了？」

「這是基礎分析，任何深入的推理都是基於基礎案情的。」

兩人你一言我一語的，鄭家人旁的沒聽懂，只懂了一件事——凶手不好查。

這時，暮青道：「撿骨！」

劉黑子整出塊平地來，拿出白布來鋪在了地上。

暮青俯身入棺，將頭骨捧了出來，王氏瞧見骷髏當即暈死了過去。鄭當歸急忙為娘親把脈，族公驚得直撫胸口。

暮青將人骨撿出後順道擺好，一會兒，地上便擺好了半副骨架——頭、胸、左臂。

鄭郎中的手是握著的，屍體腐爛後，腕骨、掌骨和指骨堆成一團。暮青將手骨捧了出來，她拼骨向來很快，這回卻拼了一半就停了下來。

月殺問道：「怎麼了？」

暮青道：「指骨的數量不對。」

說話間，她已拼起了指骨——只見左手的四根手指都已拼出，唯缺小指，而一旁放著的指骨卻有六根。

暮青將六根指骨拼成了兩根小指，並排擺好，問鄭當歸：「你爹左手生有駢指？」

鄭當歸搖頭。

「會不會是那隻手的？」村長結結巴巴地問。

月殺道：「殺人滅口圖快，一般不會折磨死者。那麼，死者的右小指怎會跑到左手裡去？」

「嗯，這便是推理，你還算有天賦。」暮青讚美了一句，從棺中取出右臂拼好一看，果然與月殺的推測一致，死者右手完好，不缺小指。

「看來，第六根手指屬於另外一個人。」暮青站起身來，話讓聽者頭皮發麻。「井裡還有一具屍體。」

山風呼號，看客們愣著神，暮青將屍骨歸入新棺，抓起多出的那根小指就往山走去。「去當年那口井裡看看。」

那口井在城北一處偏巷的院子裡，案發半年前就沒人住了。

宅主是個孤老婦人，病死後，兩個遠房姪子便帶著妻小住進來；他們總聞見院子裡有股臭味兒，那日到井中打水，驚見井裡浮出了一具屍體，便報了官。

屍體雖被鄭家人領了回去，案子卻沒破，兩家人不敢再住，宅子便荒廢了。後來，左鄰右舍也搬走了。

暮青來到井邊時，天已傍晚。

「妳確定還有一具屍體？」月殺看了眼天色問。

暮青道：「你想想，死者有什麼可能手裡會握著一根小指？難道會是凶手的？凶手武藝高強，不可能會被死者斬斷小指。那日，死者去給勒丹貴族補牙，事後被滅口拋屍，這期間他的手裡會握著一根活人的小指嗎？最可能的就是那日有兩具屍體被拋屍井中。井中狹窄，兩個死者勾到了手指，鄭郎中被撈出時已呈巨人觀，皮肉自溶，另一具屍體的腐爛程度與他相當，在起屍時，那根小指就被死者給帶了出來。」

這推測很大膽，月殺正琢磨著，就見劉黑子帶著盛京府衙的人來了。

府尹鄭廣齊親自帶著一班衙役來，見井面上蓋滿了枯葉，不由問道：「都督打算如何撈屍？」

暮青道：「把枯葉撈淨再說。」

此事好辦，捕快們拿來網子便開始撈，院中有棵老樹是向著井口長的，捕快們撈了許久，枯葉都堆得比井臺高了，井面才乾淨了些。

暮青命捕快將網往井裡戳了戳，拔上來一看，估計井深有三、四丈。捕快拿網往井底攪了一陣，撈出來的卻依舊是些枯枝枯葉。

暮青指了處空地讓捕頭把枯葉放下，看了眼天色道：「這網在井裡吃不上勁，得派個人下井去撈。」

「下井？」捕頭的眼珠子都快瞪掉了。「都督，這天兒下井會凍死人的！再說井水有三、四丈深，井底黑不見物，如何撈屍？」

月殺嗤了聲，一把將劉黑子拎了過來。「下水給他們瞧瞧！」

「好咧！」劉黑子眼神黑亮，俐落地解了外袍。

「能行嗎？」暮青問：「井裡有腐屍枯葉，井水不潔，需得閉眼摸屍，辨得到嗎？」

「都督放心！」

「好！」天快黑了，暮青也不囉嗦，回身說道：「尋根麻繩來。」

捕頭從後巷一戶人家裡要來一捆麻繩，將繩子一頭兒綁到軲轆上，一頭兒拴在了劉黑子腰間。

自打班師回朝，劉黑子每日只睡兩個時辰，天不亮就光著膀子在雪地裡摔打。他在青州山裡瘸了腿，在軍營裡當過伙頭兵，太需要一展身手的機會，哪怕是個撈屍的機會。

暮青決定給他這個機會，卻怕他為了證明自己而逞能，故而囑咐：「井深而窄，很難施展，不可大意。記住！性命為重，我還想看著你衣錦還鄉。」

劉黑子聞言，迎著夕陽一笑。「都督放心吧！」

說罷，他便撲通一聲跳進了井裡。

暮青命人點了香，傍晚風起，香燃得快，每燃一寸，暮青便往井下看一眼，井面上只能看見麻繩在晃，全然不知井底的情形。待香燃過三寸，還不見劉黑子上來，暮青道：「拉繩子！」

捕頭聽命行事，剛動手，井裡忽然冒出一個大水花，一顆溼淋淋的腦袋探了出來，衝上頭一笑。

捕頭嚇了一跳，還以為見到了水鬼。

暮青問：「如何？」

劉黑子把手一舉，提出只布包來。他赤著上身，那布包是他的中衣，衣服裡鼓鼓囊囊的，東西不少。

劉黑子攀著井壁，猴子似的竄了上來，暮青打開布包一看，裡頭除了頭骨、骨盆、胳膊腿等長骨，還有些肋骨和脊椎骨，屍骨不全，顯然是劉黑子先撿著大塊的撈了上來。

「啊？井底還真有具屍體？」鄭廣齊大驚。

劉黑子道：「都督，俺在井底摸了一陣兒，估計那人是被綁了石頭沉到井底的，俺先把大塊的骨頭撿上來了，還有些小的，再下去撈撈。」

「小心些。」暮青將人骨放到空地上，將布包遞給劉黑子，劉黑子扒著井沿的手一鬆，又入了井。

衙差們面面相覷，井深三、四丈，獨自和死屍待在一起，還要撿骨，實非常人能為，真想不到一個貌不驚人的小子有這等膽量，也正算應了那句人不可貌相的老話。

劉黑子來回了四、五趟，最後一次上來，布包裡全是泥沙石子兒，夾雜著幾根指骨。

暮青道：「行了，上來吧。」

「井底可能還有……」

「天快黑了，上來吧。」剩下的明日再撈，反正大塊的屍骨已打撈出井，凶手不會半夜下井去撈幾根零星小骨的。

劉黑子這才竄了上來，暮青將自己的風袍遞給他，命人將屍骨帶回都督府。

城中宵禁，都督府因奉相令查案，大搖大擺地叫開了內城的城門。到了都督府，門剛打開，石大海就道：「都督回來了？大將軍等您半天了。」

◯

元修午後就來了，歇在東廂。

暮青來到東廂時，見元修立在門口，不由說道：「還以為你不僅能串門子，還厲害到能在花廳等我，原來知道找暖和的地兒。」

元修失笑。「我哪敢？怕妳日後不讓我來了。」

「你知道就好。」暮青進屋坐下，難掩疲態。

元修問道：「風寒好些了嗎？」

「我的風寒沒你的傷重。」

「我的傷不礙事了，不過是他們緊張罷了。」

「我的風寒也沒事了。」暮青倒了杯水，仰頭灌了下去。

元修看出暮青並無病態，猜測風寒應是謊稱，不禁疑她一夜之間請巫瑾過府兩趟為了何事。本想細問，見暮青連喝了三杯水，話到嘴邊便換了：「可用飯了？」

「吃了些點心。」

「只有點心？」元修皺著眉就往外走。

「他們會準備的。」暮青見元修急匆匆的，說道：「你養傷，靜心為上。」

元修心裡一暖，笑道：「我如今賦閒，心已夠靜了。」

「我看你可不閒，鄭家的事是你派人做的吧？」暮青冷不防地道：「那幕後凶手心思縝密，鄭郎中都死了十幾年了，要從他身上查察當年之事很難，凶手當年不殺鄭家人，為何此時要殺？此時犯案容易留下線索，傻子才會把線索往咱們面前送。再說了，那凶徒進了鄭家不殺人，提著刀絮絮叨叨地說殺人理由，我沒見過這麼傻的殺手。」

這顯然是有人恐嚇鄭家人，目的是讓他們同意開棺，有此動機的，不是步惜歡就是元修。若是步惜歡命人所為，月殺肯定知情，那麼此事就只可能是元修的手筆了。

「什麼都瞞不住妳。」元修爽朗一笑，雪貂衣襟襯得眉宇落了清雪似的。「今日開棺，可驗出線索來了？」

暮青道：「嗯，當年那口井裡還有一具屍體。」

元修並不驚訝，他這半日雖在都督府裡，但派人出去查了查，早就有了回稟。

「明日驗屍？」

「嗯，那具屍體有點兒意思。明天我在府裡驗骨，你讓巫瑾來一趟。」

「我也來。」元修知道暮青近來與巫瑾走得近，猜她昨夜請巫瑾到府中來，興許也是為了查案，她心裡只裝得下案子。

暮青沒拒絕。元修心裡本就不痛快，把他拘束在府裡，反倒不利於養傷。

「你來可以，但需遵醫囑。」

元修一笑，抬手便去拍暮青的肩膀。「還是妳好說話。」

暮青瞪來一眼，這毛病還沒改？

元修訕訕地收手，他總是忘不了和她在西北的時日，總覺得她還是那個口口聲聲說自己孤僻的少年，覺得他們之間不曾隔著男女之別，亦不曾隔著家事恩怨。她還是他的兵，還叫他大將軍。

自從懂了對她的心，他總想接近她，卻始終觸不得她的界線。方才想試試，結果還是如此……

元修低下頭，笑裡生了落寞。

這時，暮青道：「你寬下衣，我看看傷口癒合得如何。」

元修一愣，含糊地應了聲，卻遲遲不動。他曾在她面前寬衣過，那時脫得痛快，這時卻連手指頭都難動一下。

暮青問：「當初誰說我婆婆媽媽的？」

元修頓時氣不打一處來，這才寬衣解帶，丟擲棄物似的將玉帶墨袍往地上一擲，坐下時耳根微微發紅。

暮青來到元修身後，解了他的繃帶。

元修雙手據膝，脊背挺直，目不斜視。她近在咫尺，那被她縫住的一顆心似要跳出來，連呼吸都覺得疼。因為緊張，他竟沒察覺出繃帶是何時解開的，直到她來到面前，他才醒過神來。

元修的心口有道兩寸長的縫傷，傷口癒合得不錯，暮青俯身瞧著，元修感受到那噴在心口的淺淺呼吸，傷口奇癢，卻絲毫不敢動。

這時，楊氏在門外道：「都督，飯菜備好了。」

「送進來吧。」說話時，暮青已站起身來。

楊氏推門進屋，見元修赤著上身，從臉紅到脖子，不由問道：「侯爺莫非染了風寒？」

元修咳了聲，道聲無事便速速穿衣，那俐落勁兒比在軍中穿衣都快。

「回去記得換新的。」暮青瞥了眼地上的繃帶，白獺絲已與肌膚血肉相融，果真世間奇寶，只是不知是何來頭。

元修飛快地道：「知道了。」

「那吃飯吧。」暮青坐下來道，元修的心思她已知曉，該說的都已經說了，他是世間最優秀的兒郎，有他的尊嚴與驕傲，因此她不想再多言。

這頓飯兩人都吃得心不在焉，暮青想著案子的事，元修想著方才之事，想著想著，那痛癢難耐之感竟又生了出來，冬末春初，他竟覺得熱。

元修忽然便起身要走。「快到服湯藥的時辰了，我先回府，明日再來。」

暮青愣了愣，命劉黑子前去相送，自己在屋裡用過晚餐才回了後院。

到了閣樓外，只見月殺門神似的立在門口，一言不發。

暮青挑了挑眉——這不符合月殺的作風，今夜她與元修一起吃飯，這廝沒道理不擠兌幾句。

疑歸疑，暮青並未把此事放在心上。她踏進閣樓，見樓上隱約可見燭光，心裡才咯登一聲，隨後疾步上了樓。

樓上窗臺擺著幾枝六瓣寒梅，榻裡一人執書半臥。

聽見登登登的上樓聲，榻上之人斥道：「跑什麼！也不嫌腳疼，身後有人攆妳？」

腳步聲頓時歇住，再傳出聲響時，聽著有些躡手躡腳的。

暮青上來時面色如常，問道：「哪個郎中說你的身子能挪地兒？」

步惜歡看著書，涼涼地道：「妳的腿腳也不見得能出城，還不是跑了一天。」

「跑了一天的是馬，我是坐在馬車裡的人。」

「馬馱妳上山了？」

暮青不接話了，她到榻邊坐下，見步惜歡額上無汗，鬆了口氣，目光一轉，見他看的竟是她的手箚。

她有寫手箚的習慣，寫的多是辦案心得。在古水縣時，她曾寫了一書架的法醫理論，糾察仵作驗屍古法之錯，後來匆忙離家，未帶那些手箚，前些時日讀醫書時就尋了個本子接著寫了。

某人偷偷摸摸地挪來都督府裡養傷，還翻了她的書架，閱了她的手箚。

暮青要把手箚拿回來，步惜歡似有所感，將那手箚放到了枕旁，抬眼時目光有些深幽。「晚膳用得可好？」

「你可用膳了？我去傳。」暮青這才想起這茬來，問罷轉身就走。

步惜歡握住她的手腕，有些惱。「就不能歇歇？真當自己的腿腳是鐵打的，不知疼？」

「你這幾日要在此養傷？」暮青問。

「住些日子，好些了再回宮。」

「那你等等，我去去就來。」

暮青還是下了樓，她命月殺守在閣樓外，將楊氏、韓其初、石大海和劉黑子都叫進了書房，道：「這幾日聖上微服出宮，歇在都督府，你們要嚴守此事，不得有口風洩漏出去，如違將令，軍法處置！」

步惜歡要住下來，此事瞞不住府裡人，只能命他們嚴守祕密。

幾人頗感意外，但知關係重大，於是齊聲領命。

暮青又對韓其初道：「三日後是春日宴，我邀了一些寒門子弟到府上小聚，到時有勞先生幫襯。」

「阿遠已與在下說過此事了，都督公務繁忙，春日宴就交給在下好了。」韓其初說著，心道莫非聖上微服來此，為的是瞧瞧這些學子？

暮青又拿出張方子來遞給劉黑子。「這是王爺開給我的藥方，你明日去抓幾副回來。」

步惜歡要服湯藥，總要煎些別的藥才能瞞過去。

劉黑子應是，暮青又吩咐楊氏：「聖上還沒用膳，妳去備些清粥小菜。我調理身子，這幾日的飯菜要清淡些。」

「奴婢知道了。」

「順道熬碗薑湯，黑子傍晚下過井，也叫石大海喝一碗，他夜裡守門，讓他們都驅驅寒。」

「奴婢這就去。」楊氏笑著領命，都督看著清冷，其實待下人最好了。

「東廂裡的炭盆繼續燃著吧，我夜裡去東廂睡。」既然府裡的人知道步惜歡來了，那她就不能宿在閣樓了，免得讓人以為她好男風。

楊氏一一領命，暮青回了閣樓。

屋裡擺了銅盆，水打好了，連帕子都備妥了。

步惜歡撂開手箚，拍了拍楊邊，說道：「過來，這邊坐。」

暮青愣了愣，但還是依言坐下了，卻見步惜歡俯身握住她的腳踝，要幫她脫靴。

暮青將腳一縮，說道：「我自己來。」

步惜歡不容推拒，手勁兒緊了些，暮青想掙脫，又怕傷著他，只好不動。靴子一脫，步惜歡的眸底便生出疼惜之色，只見潔白的襪底已染了血色，顯然是昨夜求藥磨出了水泡，今日又走了山路，水泡便磨成了血泡，已經破了。

「忍著些。」男子聲音低沉，動作卻輕柔至極。

棉襪揭下時有些疼，暮青皺了皺眉頭，沒吭聲。

她的性情雖不似江南女子那般婉柔，一雙玉足卻如江上銀月，握在掌中，暖如白玉。步惜歡在西北時瞧見過一回，那時喜愛，卻不敢多碰，今夜捧著，那血刺著他的心，疼痛難忍。

步惜歡下了榻，暮青忙攔他。「你正養傷……」

「又不是廢了，走幾步路礙什麼事。」步惜歡端著盆水回來，將帕子打溼，托起暮青的腳，小心翼翼地將血擦淨，從枕下摸出一瓶藥膏來。

藥膏微黃，擦在腳上有股清涼之感，疼痛頓時舒緩了許多。

步惜歡命月殺將東西收拾了下去，讓暮青歇了會兒才傳了膳。

晚膳有素炒四碟，蒸糕四碟，清湯一碗。暮青撥了兩樣性溫的小菜，端著粥到了榻前，如同早晨那般餵步惜歡用膳。

「妳不用些？」步惜歡問。

「我吃過了。」暮青想起今夜是與元修一起用的飯，解釋：「我又不知道你在。」

「妳若知道呢？」

「知道就派人告訴你一聲，不用等我了。」

步惜歡不大滿意，眸中隱約匿著風浪。

「我視元修為戰友，陪戰友吃飯很正常。」暮青就事論事。

步惜歡挑了挑眉，大抵只有她覺得夜裡陪除了父兄夫君之外的男子吃飯正常。

「青青，妳待事待人的想法與閨閣女子大有不同，且妳驗屍時的用詞頗為生僻，那察言觀色之法亦非我朝之學，妳曾說過妳師從英國的威廉教授，那英國是西海盡處的異人國？」步惜歡的目光裡帶著探究，他一直想問此事。

「算是吧。」暮青模稜兩可地道。

步惜歡的目光深了些。「異人國與大興遠隔萬里，無船可達，西洋人是如何漂洋遠至的，妳又是如何遇上他的？」

他曾派人到古水縣查過她的身世，她一出生娘親便亡故了，她跟著爹長大，除了查案就沒有離開過古水縣。而古水縣離汴河城僅百里，如若有西洋人現身，知縣定會上奏朝廷，可此事連一點兒風聲也沒有。

暮青不吭聲，步惜歡也不催她，待粥喝了半碗，暮青才開了口：「此事我從未與人說過，也不知如何解釋，你正養傷，聽了大抵要睡不著。」

步惜歡不由笑問：「莫不是鬼故事？」

暮青似真似假道：「嗯。」

還真沾邊兒了。

步惜歡果真覺得是玩笑話，他往軟枕裡一倚。「我還真沒聽過鬼故事，說來聽聽。」

「從前有個人，死後化魂，再世為人，卻還記得前世之事，那人就是我。」暮青道，前世今生，在她口中不過幾句話。

「前世？」步惜歡將信將疑，此話若是別人說的，他必不信，但她說的，他就將信將疑了。以她的性子，應是不會開這玩笑的，但她偶爾也會有惡趣味，因此他一時間還真推敲不出此話的真假。

暮青放下粥道：「此事說來話長，你先把傷養好。」

步惜歡試著商量。「傷養好了需百日呢。」

暮青堅決不被打動。「百日就百日。」

步惜歡一嘆，雖心有遺憾，卻甚是歡喜——她總歸是擔心他，而非想要瞞著他。

他在養傷，身子甚乏，因擔心她的腳，他這一日都沒歇好，晚膳一用罷，他便露出了倦色。

暮青忙扶步惜歡躺下歇著，沒一會兒，他就睡沉了。

次日，暮青起得早，下了廚煎了藥，端上閣樓時，步惜歡才醒。

「腳可還疼？」暮青一收起帳子，步惜歡就問。

暮青搖了搖頭，見他眉宇間仍有疲態，便耐心地服侍他刷牙洗臉、更衣用膳。待用過早膳，湯藥剛好溫了。

見暮青端了藥來，步惜歡才想起昨夜有事未問，不由問道：「聽說巫瑾給妳開了張方子，拿來我瞧瞧。」

藥方在劉黑子那兒，待月殺取回來，步惜歡已將湯藥喝了。他將方子接來一瞧，眉頭微蹙，隨即為暮青探了探腕脈，沉聲吩咐月殺：「抓藥回來煎給她喝。」

暮青問：「我有疾？」

「有沒有，妳自己不清楚？」步惜歡見暮青竟真一副不清楚的神情，不由嘆了口氣。「妳的信期多久沒至了？」

暮青一愣，步惜歡不提，她還真忘了，她的信期自從爹過世起就沒來過，算算已有半年多了。在軍營時，她覺得信期不至挺好，來京後一直忙忙碌碌，她便將此事忘到腦後了。

步惜歡有些懊惱，此事也怪他，他不擅婦科，上回在西北替她診脈，只關心她體內的寒氣，未曾留意此事。

暮青道：「這麼說來，巫瑾在試探我。」

那晚，巫瑾提過她的面色，可她戴著面具，他不可能看到她的面色，這方子應是他故意開的，意在試探她的反應。但那晚她心情不好，沒細看藥方，故而沒露出破綻。

「這藥能喝？」暮青問。

「妳體內寒邪久滯，以致氣滯血瘀、經脈不暢，應以疏導為上。若藥方太猛，只怕會腹痛難忍心惡昏厥。此方是巫瑾為了試探妳而開，用藥隱晦，甚為溫和，反倒是個良方。」步惜歡道。

暮青點了點頭，剛想命月殺將藥方給劉黑子，劉黑子就前來稟事，說元修和巫瑾到了。

屍骨擺在花廳裡，暮青來到時，巫瑾正觀摩著，元修身穿墨袍立在廊下。

「多謝都督相邀。」巫瑾一見暮青就謝道。

暮青欠了巫瑾的人情，知道他對驗屍感興趣，才請他來的。她未與人寒暄，直奔正事。「驗屍吧，屍體是從井下撈上來的，頭胸手腳等骨皆在，只缺了些指骨和趾骨。」

說話間，暮青將頭骨撿了出來，說道：「此人顱窄而低，口鼻部有前凸，下巴有前凸。」

元修皺了皺眉，覺得耳熟。

巫瑾笑道：「甚是耳熟。」

暮青道：「耳熟就對了，死者是胡人。」

胡人？

又是胡人？

元修壓著眉峰問：「他是何時死的？」

暮青道：「屍骨沒有蠟化，死亡時間難以推斷精確，但有意思的是，鄭郎中告訴我了。」

「鄭郎中？」

「沒錯！我斷定井中還有一具屍骨，是因為開棺時拼出了一根不屬於鄭郎中的手指。」暮青將掌心一攤，兩根指骨出現在了元修和巫瑾眼前。「屍體腐爛是有過程的，你們看這兩截指骨，昨天劉黑子下井撈屍，上下數回也沒將散落在井底的指骨全摸上來，鄭郎中被拋入井中時已死，他是怎麼將兩根指骨抓在手裡的？」

元修道：「若鄭郎中被拋屍時，井下的屍體已是一具白骨，那他的手勾到胸肋等骨的可能性大些，不太可能將這麼小的骨頭抓在手裡……妳的意思是，鄭郎中被拋入井中時，這具胡人的屍體還沒腐？他們的死亡時日差不多？」

暮青讚道：「智商沒減退。」

元修朗聲一笑，神清氣爽。

暮青道：「有兩個可能：要麼，鄭郎中入井時，井裡已有一具高度腐敗的屍體，井裡逼仄，兩具屍體相撞，這根手指被蹭入了鄭郎中的手裡。要麼，兩個人是一起死的，鄭郎中被打撈上來時，兩具屍體的腐爛程度相差無幾，這根手指才有被帶上來的可能。」

「一起死的？」元修覺得這推斷甚是膽大。「那殺了這個胡人的是誰？難道與殺湖底那勒丹貴族的凶手是同一個人？」

「有可能，但只是可能。」暮青走到白骨旁開始拼骨。屍骨片刻工夫便拼好了，死者身量頗高，目測有五尺六、七寸。大興成年男子的身高大多在五尺到五尺三寸，元修五尺五寸的身量算高壯的，這死者竟更高一些。

暮青道：「死者是男性，顱骨的基底縫已基本癒合，推測年齡在三十到四十歲之間。恥骨聯合面的橢圓形輪廓已經形成，腹側邊緣也完全形成，脊椎骨的關節面有輕度磨損，肩胛骨的凹形部位已出現唇形變化，結合這些特點，推斷其年紀在三十五歲左右，誤差上下兩歲。死者的身高約為五尺七寸，若當年出現在盛京，一定會有人注意到他。」

按照大興的度量衡，這人身高有一百九了。

元修道：「這身量在胡人裡也算高的，可僅憑身量去查一個人，如同大海撈針。」

說著，他忽然靈光一動，問道：「妳能將他的相貌復原出來嗎？」

暮青道：「正有此打算。」

元修和巫瑾已經見過一回面貌復原術了，暮青這回沒有解說，速度因此快了許多，她手指靈巧，修修刻刻，一顆白森森的骷髏頭便化出了容貌。

待面貌復原完成，巫瑾嘆道：「此術真該讓世人都瞧一瞧。」

暮青盯著面容看了半晌，回頭問元修：「你覺得眼熟嗎？」

元修深有同感。「在哪裡見過……」

巫瑾也道：「確實眼熟。」

暮青和元修一愣，兩人進過大漠，若他們覺得像，興許是在關外見過某個人，但連巫瑾都覺得像，那人很可能在京城！

如今在京城的胡人，不就是使節團那些人？

暮青想著，腦中忽然掠過一人，說道：「多傑！」

元修目光一變。「像！」

有三、四分像！

暮青立馬抱起頭顱往外走。「去驛館！」

第九章

抽絲剝繭

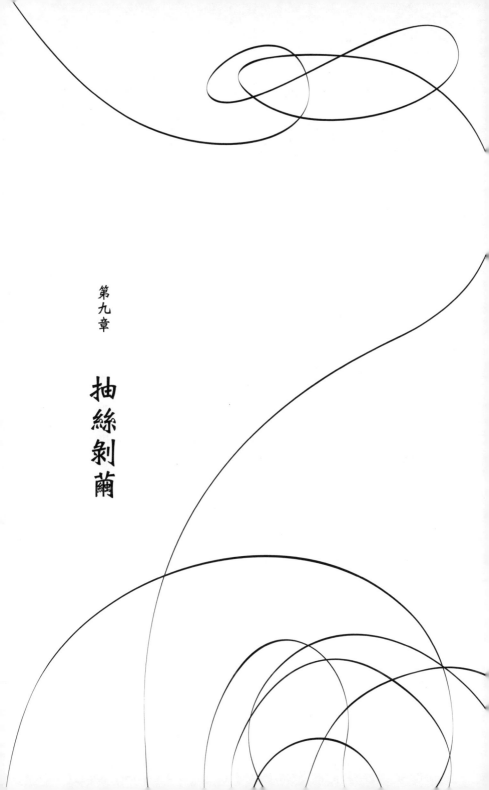

眼下已進二月，議和條件仍沒談出結果，胡人正在驛館裡劃圈摔角，大門忽然被踹開。

暮青抱著顆死人腦袋，帶著元修和巫瑾邁過門檻，踏進拿彩繩圍住的摔角圈，從兩個光著膀子的胡人中間穿過，逕直進了正堂。

呼延昊正看比賽，暮青對他視而不見，到了上首坐下，把死人頭往旁邊一放，便隔開了呼延昊。

「都督闖驛館意欲何為？」呼延昊惱得想擰斷暮青的脖子。這段日子他忙著，聽說她正稱病不朝，看她剛才踹門那股勁兒，鬼才信她病著。

暮青當沒呼延昊這人，揚聲問道：「多傑何在？」

多傑聽說暮青來了，匆忙來見，進了正廳，跪地便拜。「勒丹金剛多傑，多謝桑卓神使的救命之恩！」

暮青道：「起身吧，我並非神使，救你是因兩國議和，職責所在。」

呼延昊道：「用不著謙虛，唯有桑卓女神才能將草原兒女的靈魂從死亡大君那裡帶回人間，妳有此本事，便是桑卓——」

暮青聞言看向呼延昊，眼刀煞人。

呼延昊大笑，就知道言及她女扮男裝的祕密，她一定不會無視他，這算是她唯一的軟肋了。

「桑卓女神的使者。」笑夠之後，呼延昊把話補完。

暮青看向多傑，問道：「你可見過此人？」

她指向身旁，多傑這才發現桌上有顆人頭，臉像是泥雕畫染的。

此時堂外已圍滿了胡人，說的皆是胡語，暮青聽不懂，卻看得清那些胡人震驚的神情。

多傑猛地起身，大步走到人頭前，正欲抱起，暮青抬手一攔。「費了些時辰才復原出來的，別弄壞了。你只需告訴我，認不認得此人。」

多傑急急切切地說了一串勒丹語，暮青看向元修。

「這人是他爹。」呼延昊搶話道。

元修冷笑道：「以前倒未發現狄王是個多嘴之人。」

呼延昊譏諷道：「大將軍自戕後，連說話都慢了。」

元修渾不在意，反譏：「話慢無妨，怕的是說錯。」

元修道：「他說，此人像他爹。」

「何意？」暮青問。

像與是，一字之差，謬之甚遠。

「屍骨是昨日從井裡打撈出來的，你爹是死在大興嗎？」暮青知道多傑的大興話學得不深，故而放慢了語速問。

呼延昊沒耐性等多傑琢磨，替他答道：「老多傑是死在大興的，死了十幾年了。當年，勒丹王位之爭時正逢大興內亂，新帝年幼。勒丹大王子請纓混入大興都城刺殺元相，所帶之人裡便有多傑他爹。後來，進了大興的人一個也沒能回去，大王子立功不成反丟了性命，二王子成了勒丹王。」

元修聞言一驚，暮青不由問道：「你不知此事？」

元修搖了搖頭。「如今的勒丹王確實是當年的二王子，但我聽說大王子是死於黑風沙，沒聽說過刺殺之事。」

呼延昊道：「當年老勒丹王喜愛二兒子，大王子不得不鋌而走險，他以為刺殺了丞相，新帝年幼，大興朝中必亂，勒丹就有聯合其他部族奪取中原的機會，沒想到賠上了性命。那時，邊關尚無元修這號人物，元相應是想穩定朝局才未張揚。而勒丹部族王權交替在即，一心求穩，自然也不會張揚，於是便說大王子死於黑風沙。此事也就是瞞一瞞部族百姓，當年王帳裡的老臣都知道實情。」

暮青陷入了思索，元修將話複述給多傑聽，多傑道：「沒錯！我阿爹死時，我已有十七歲，王帳裡的事瞞不住我，我阿爹是死在大興的，這人有五、六分像！神使大人，我爹死了有十幾年了，他應該已成白骨，為何會有一張泥做的臉？」

呼延昊充滿興味地看向那顆死人頭。前段日子相府別院的湖裡撈出了一具勒丹貴族的屍骨，聽說這女人曾用奇術使死人恢復了生前的容貌，烏圖跟大興索要過那具屍骨，大興朝廷未准，此事也就不知真假。

「臉雖是泥做的，之下卻是人骨。人的面貌依附於骨骼，見骨如見人，面貌亦可復原，雖不得十成像，卻能有五、六成。」暮青說道，元修翻譯。

話音落下，廳堂內外鴉雀無聲，呼延昊看向暮青，目光熾熱，如獲至寶！

「神使大人能將人的靈魂從死亡大君手裡奪回來，還能讓人恢復生前面貌？」多傑瞪著倆牛鈴兒般的眼，傻愣愣的。

「我說了，只是五、六分。」暮青不喜歡被神化，但面對信奉神靈之人，她的解釋顯然無用。

「神使恩賜！讓我再見到阿爹生前的面容，多傑願以性命為報！」多傑跪下說道。

暮青直捏眉心，心知糾正無用，於是言歸正傳：「你爹死時，有三十五歲上下，身量有五尺七寸？」

「沒錯！敢問神使，我阿爹的遺體在何處？他天生神力，是我們部族最驕傲的金剛勇士，我要將他的遺體帶回草原。」

暮青目光微變，問道：「你說他天生神力？」

多傑點了點頭。

「他能徒手捏碎人的喉嚨嗎？」

「人的喉嚨？神使莫要小瞧我阿爹，我幼時與他在大漠裡遇過狼群，他能徒手屠狼，一隻手就捏碎了頭狼的脖子。」

暮青聞言沉默了，半晌後，她抱起人頭就往外走。「案子辦完了就還給你。」說罷，她已出了正堂，如同來時那般，逕直出了人群。

剛出驛館，元修便問：「妳懷疑鄭郎中是老多傑殺的？」

暮青道：「顯而易見。鄭郎中被請去給勒丹大王子醫治牙疾，事後老多傑將他滅了口。」

「那老多傑又是誰殺的？」

「螳螂捕蟬黃雀在後，老多傑殺了鄭郎中後，有人趁機殺了他，並將兩人一同拋屍到了井裡。」暮青坐進馬車，她有個大膽的推測，但路上不宜宣講，只能回府再說。

這時，忽見呼延昊從驛館裡走了出來。

天近晌午，驛館外碧樹春陽，呼延昊耳上的鷹環分外耀眼，揚聲說道：「我也去都督府坐坐。」

暮青放下簾子，冷聲道：「回府！」
劉黑子揚鞭駕馬，馬車便馳出了長街。
呼延昊縱身而起，黑袍一展，身姿如鵬，砰的一聲落在了車篷上！
劉黑子袖下滑出只匕首，抬手便刺！
呼延昊嗤笑著便躲，本以為能輕鬆躲過，卻聽刀風忽變，隱約衝著他的小腿而來。馬車顛簸，他不得已縱起，落在了街旁的院牆上。
街上的百姓指指點點，見狄王在牆頭上追著一輛馬車疾奔，在離馬車還有約莫一丈遠時，他跳上篷頂，抓向劉黑子，大笑道：「你們都督的馬車，本王駕了！」
話音剛落，馬車的篷頂猛地被掀翻，當空一裂，木屑華綢飛散如矢。
暮青的聲音從馬車裡傳出：「不要命了！你傷好了？」
元修笑道：「有些日子沒練武，手癢！揭了車篷，好過有人落來落去，心煩！」
暮青道：「車篷沒了，人待會兒直接落進來了。」
馬車裡頓時沒了聲音。
這時，車沿頂上抓來一隻手，呼延昊大笑道：「多謝大將軍！」
元修抬頭，拳風剛生，暮青便按住他的手，斥道：「還想動武？」

少女的手心溫軟，一巴掌打在手背上，火辣辣的疼。元修頓時覺得整條胳膊都麻了，再使不得一分氣力。

這時，呼延昊借力一縱，眼看著要落進馬車裡來，巫瑾忽然抬了抬衣袖，袖下湧出密密麻麻的黑蟲，黑沙般的撲向呼延昊的面門。

呼延昊一驚，急忙退下馬車，見車頂上的黑蟲緩緩地退回去時，馬車駛入了內城。

男子眸光幽暗，沒有再追，只是望著城門冷笑了一聲。

馬車裡，元修道：「聽聞王爺擅蠱，今日得見，果真厲害。」

巫瑾道：「本王不懂武藝，只是閒來養養蟲蟲，雕蟲小技罷了。」

雕蟲小技？鄂族的蠱術向來神祕，世人畏蠱如畏鬼神。

元修不由想起了庶兄元睿，他在地宮裡被毒蟲所傷，送回相府後，府裡請巫瑾前去醫治，毒卻一直沒解。

他問過姑母，聽說元睿這兩年跟青州軍勾結，暗中買馬，心懷不軌。當初呼延昊運進草原的那批機關短箭跟朝中奸細有關，他懷疑那人是元睿，但人中毒不醒，此事便只能是懷疑。

巫瑾應有解毒之能，恐怕是姑母和爹不想讓元睿醒來，他這輩子怕是只能不死不活的拿湯藥吊著命，而後哪日偶感風寒猝然離世，通敵賣國之事就很難再查。

元修有心事，巫瑾也有。風自車頂灌來，他將狐裘攏得緊了些，貌似不經意地瞥了暮青一眼，眸底有思索之色。

元修、呼延昊和步惜歡皆待英睿都督不同。

桑卓女神……的使者？

兩個男人各懷心事，而暮青寡言，一路無話，馬車一到都督府，三人便進了花廳。

一坐下，暮青便問元修：「此案你有何看法？」

元修道：「殺老多傑和勒丹大王子的應是同一人，他拋屍相府別院，要麼是元家人，要麼與元家有仇，妳覺得呢？」

暮青深深地看了眼元修，以前說起元家，他眉宇間總有複雜的神色，今日除了鐵一般的堅毅，別無其他。

「拿墨、帕子和一盆水來。」暮青見月殺匆匆地自後院而來，便吩咐他備東西。

月殺見暮青無事，這才去了。

片刻後，東西送來花廳，暮青走到屍骨旁，挑出頸椎骨、肩胛骨和胸肋骨，拿帕子蘸墨塗於骨上候乾，約莫一刻後，將晾乾的人骨入水洗淨，一塊頸骨引起了暮青的注意。「在這兒。」

元修和巫瑾走了過來，只見那頸骨一側有條極細的墨痕。

暮青道：「按我們的推測，老多傑是被人所殺，就在他殺鄭郎中時，凶手趁機偷襲了他。那麼，既是背後殺人，凶手能下手的部位有幾處？」

「要麼後心，要麼脖頸。」元修習武，此事一點就通。

「如果老多傑的後心被刺穿，那他的肩胛骨上就可能留下傷痕，若凶手是將老多傑割喉的，那頸骨上就可能留下傷痕。」暮青將頸骨遞給元修，說道：「此乃劃傷，即銳器尖端在骨骼表面造成的損傷，也就是說，凶手用的是匕首。」

說話間，暮青繞到元修身後，假裝手裡有把匕首，勒住他的脖子一劃，問道：「感覺到什麼了嗎？」

元修吸了口氣，強壓下那酥麻之感，只道出疑惑：「老多傑天生神力，若我是凶手，我會擇長劍從後心刺入，不會近身下手。除非功力相差甚大，否則高手對決，喉部是最難傷到的。」

暮青點點頭，但沒放開元修。「你忽略了一點，老多傑的身高。」

元修回頭，見暮青矮他一頭，作勢割喉的樣子著實吃力。

巫瑾道：「老多傑身量頗高，若凶手比他矮，割頸會頗為吃力。」

元修問：「你是說凶手與老多傑差不多高，抑或者……凶手是胡人？」

「這要看案發的第一現場在何處。」暮青放開元修，問道：「你們覺得會在何處？」

巫瑾搖了搖頭。「人言道君心難測，都督之意更難測。」

暮青道：「勒丹人混入盛京總得有地方住吧？他們會住在何處？客棧？民屋？」

元修問：「妳是說，他們有可能就住在發現屍體的那間舊屋裡？」

暮青道：「很有可能。其一，那條巷子偏僻，屋子已空。其二，鄭郎中是白天被人請去的，補個牙絕不會補到夜裡，老多傑殺了人，會大白天的外出拋屍嗎？但就算他是夜裡拋屍，他怎麼知道哪間民宅裡無人居住？」

元修沉思不語。

巫瑾道：「確實太巧了。」

暮青道：「假如勒丹人藏在那間院子裡，那裡是第一現場，那麼院子不大，出屋就能看見水井，老多傑捏碎鄭郎中的脖子後順手就能將屍體丟進井裡，沒有彎腰的必要，那麼凶手的身量就應該與老多傑差不多。但如果案發現場是別處，環境不同，就不好推測凶手的身高了。為今之計只有查查那間民宅當年的鄰居，若當年那間宅子裡有人出入，鄰居不可能毫無察覺。如今人雖搬走了，但官府裡應該有戶籍公文。」

「我命人去查。」元修道。

巫瑾卻道：「可在下覺得有一事說不通，假如勒丹人就藏在那間民宅裡，鄭郎中來出診，事後被老多傑滅口，而老多傑又在這時被凶手所殺，那麼凶手為何敢在勒丹人住的院子裡明目張膽的殺人拋屍？難道不會被勒丹人發現？」

暮青道：「王爺想一想，他們初到盛京，人生地不熟，如何能找到地方藏身？」

「你是說京城中有人與勒丹人裡應外合？」

「我要說的是，與勒丹人勾結之人就是幕後凶手。你想，勒丹人一路來到盛京，老多傑如此惹眼，過關時可能不被盤問嗎？勒丹人說話帶有胡腔，一張嘴就會被識破，所以有大興人與他們同行的可能性很大，而這個人很有可能是殺老多傑的凶手。」

「什麼？」元修震驚了。

「老多傑惹眼，但倘若有個跟他差不多高的人扮作兄弟，若遇盤問，一個答話，一個附和，再使些銀錢，城門就好過了。因一路上的掩護接應，老多傑對那人頗為信任，那日才會被他殺死。而那日大王子牙疾犯了，顯然是幕後凶手派人去請的郎中，事後以住處不宜久留為由將大王子等人接走另行安置，留下老多傑善後，而後殺了老多傑，再在別處殺了大王子。」暮青推斷道。

「妳是說，幕後凶手費力將勒丹人接應進京，再在京城殺了他們？」元修忽然生出一個念頭，驚了自己。「那幕後之人真正勾結的是勒丹二王子？」

暮青讚道：「聰明！」

元修卻高興不起來，他聞到了陰謀的味道。

暮青問：「那幕後之人假意勾結大王子，獲取了他的信任，為的卻是將他殺死在盛京，助二王子登位。你還記得假勒丹神官布達讓嗎？我有種直覺，假勒丹神官案和湖底藏屍案或許可以併案，這兩件案子的死者都牽扯到勒丹。雖然一件是剛發的案子，一件是十幾年前的，但若幕後之人與當初的勒丹二王子，也就是如今的勒丹王有勾結，那他很有可能會派個人混在勒丹王身邊，無論用來傳遞消息還是做什麼，總之都說得通。」

在查假勒丹神官案時，她就覺出幕後之人的心思頗深，如今有此懷疑，更加覺得觸及到了一個驚天陰謀，一個從十幾年前或者更久的時候就開始布的局。

花廳裡的氣氛陷入了沉寂，元修和巫瑾都未說話，月殺轉身去了後院。

暮青對元修道：「此案發於十多年前，線索甚少，證據不足，我也只是在推測案情，還是查查那間宅子的鄰里吧，密查！」

「知道。」元修應了便告辭而去。

巫瑾也要告辭，暮青卻道：「請王爺隨下官到後院一敘。」敘話是假，診脈是真。巫瑾心知肚明，於是隨暮青入了後園。

閣樓掩映在桃林裡，新綠喜人雪氣清冽，半遮半掩著畫閣樓臺。

「沒想到都督對園景如此講究。」巫瑾撥開桃枝，白狐裘下廣袖如雪，指尖春粉，枝梢嫩綠。

暮青目不斜視，只顧行路。「下官一介粗人，這宅子搬來時便是如此。」

「哦？」巫瑾意味深長地道：「那備下此宅之人，待都督倒是頗為用心。」

誰不知都督府是御賜的？暮青直言：「待會兒診脈，懇請王爺多費心。」

巫瑾的笑容淡了些，似覆上一層薄薄的春雪。「自然。」

大業未成，怎能不顧盟友？

閣樓裡，步惜歡還睡著，巫瑾診脈過後開了方子，說道：「抓三副藥，早晚煎服，之後便可以走動了，但百日之內不可動用內力。」

暮青親自將巫瑾送出了府，回來後見步惜歡已經醒了——他早就醒了，見巫瑾來了，裝睡罷了。

暮青知道月殺定已將案情回稟過了，於是問道：「這案子你怎麼看？」

「不懷疑幕後之人是我？」步惜歡問，那人將屍體沉於相府別院，對元家有怨，又勾結外族，意圖不軌，怎麼看他都有動機。

「你雖有動機，但若是你，你會告訴我，不會讓我費力查，不是嗎？」暮青不提步惜歡那時年紀小、難以做此大案，說出這等可笑的理由來，倒真讓步惜歡笑了起來。

男子眸波動人，嘆道：「青青，若是妳，真是好男風也無妨。」

「哦？」暮青惡劣地問：「雌伏也無妨？」

步惜歡氣笑了。「屬妳嘴毒！」

暮青笑了笑，步惜歡道：「十多年前，江北還不盡是元黨，各派存著些心思也不足為奇。」

「例如？」

「例如沈家，沈家原是外戚大姓，與元家政見不和，元家攝政，沈家自然不會甘心。只是老安平侯當年被酒色掏空了身子，膝下只得二子，沈大嫡脈不旺，沈二死在江南，嫡女前些日子回了京。那女子與妳有怨，妳打算如何處置？」

暮青一愣。「你查過？」

「見過。」步惜歡神祕地一笑。

「古水縣官道上？」暮青略微一想便推測出來了。

步惜歡嘆道：「妳我之間許是緣分天定。」

暮青道：「如今事忙，日後再說吧，你接著說沈家。」

步惜歡只好依她。「沈家人能忍，老封君這些年來四處聯姻受盡嘲諷，卻依舊笑面迎人，沈大如此，沈二那嫡女亦是如此，此乃家風吧。」

「嗯，還有嗎？」

「我五伯雖纏綿病榻，他母妃卻是嶺南王的獨女，嶺南王是大興唯一的異姓王。當年南圖與元家勾結起事，我五伯被圈禁，嶺南王因而不敢擅動，這些年來受元家脅迫，一直與江南水師何家為敵。他必是不願受人脅迫的，暗中謀劃大事也不是不可能。」

「那你爹呢？」

步惜歡一怔，譏諷道：「他不過是個庸懦之輩，不成大器。」

暮青不以為然，此話興許是事實，興許只是成見之言。

「妳覺得此乃成見之言？妳可知……我倒是希望此事是他所為？可知我多希望當年他是因為顧忌我而不敢救母妃？母妃在世時，他便甚是冷淡，成日往府裡添姬妾，母妃打理中饋辛苦，一年到頭也不見歡顏。這種人會記得殺妻奪子之仇？這些年裡他依然故我，倒是繼王妃之子——我那好弟弟盯著御座，野心甚大。」

暮青眉頭緊皺，若恆王府裡真是這麼一群人，也是苦了他了。

「妳儘管查吧，不必顧及我。恆王府是個爛攤子，若查上了，有人為難妳，儘管與我說。」

暮青應下，這些人雖有嫌疑，但還是要等元修的消息。

次日清晨，元修來了都督府。

盛京府的吏役翻遍了十幾年前的公文記檔，總算查出了那間舊宅當年的鄰里搬去了何處。

一戶搬到了許陽縣，另一戶搬到了丘陽縣。

元修即刻命人去查，三日後，查事之人從丘陽縣帶回了一個消息——那戶人家絕了。

暮青問：「因何絕戶？」

親兵道：「聽說當年那戶人家在離丘陽縣三十里的丘陽山小路上遇到了山匪，一家老小全都死了。」

元修冷笑一聲，天子腳下遇匪？

「丘陽縣的老主簿翻找出了當年的卷宗和屍單，連仵作都找來了，因丘陽山上甚少有匪，因此仵作還記得。仵作說，那家人死於刀傷，都傷在頸部，是被一刀斃命的。」親兵將卷宗和屍單呈上。

暮青接過屍單，元修接過卷宗，兩人一看，元修冷笑道：「丘陽縣剿過匪，但未發現匪窩，因此案子沒破，定的是流匪作案。」

暮青道：「刀傷，創口三寸到四寸不等，這類刀在打鐵鋪裡很常見，只是殺人手法暴露了這些人訓練有素。」

元修放下卷宗，心道：許陽縣那戶人家八成也絕戶了。

但意外的是，兩日後，去許陽縣的親兵帶回來一個婦人。

許氏夫君早亡，她拉扯孩兒成人，積勞成疾。其子在書院苦讀，平時不回家，親兵們便將她接來了京城。

許氏三十多歲，兩鬢霜白，貌同老婦，進了府連茶都端不住，根本回不了話，暮青只好命人去請巫瑾。

巫瑾到廂房給許氏診了脈、施了針，說道：「她脈象虛虧甚重，怕是只剩兩、三年的時日了。我所留之藥一個時辰後服兩顆，明早敢保她能回話。」

暮青謝過巫瑾，將他和元修送出府後，就去了花廳東的桃園裡。

這天正是二月初三，都督府裡的桃花結了簇簇花苞，花白葉嫩，如二月春來枝頭落雪，景色沁人。

花枝遮著偏廳裡少年才子們的風姿，茶香飄入園子，暮青避在樹後，聽少年們論當朝國政。

「……聖上在越州奉縣開衙見民，不設門檻，此舉古未有之，實有明君之相，奈何元相攝國，久不還政，又主張與五胡議和。聽聞胡人索要金銀牛羊之數甚大，朝廷卻仍想拿國庫的銀兩去養狼。士族門閥已朽，救國還需志士，依在下之見，聖上應早日親政。」

「聖上六歲登基，如今二十有五，元相攝政整整十九年，江北盡是元黨，親政談何容易？」

「江山大業，本非易事。士族子弟驕奢淫逸，聖上親政，唯有廣納賢才，廣招寒門子弟一途可行。」

少年們高論國事，倒是句句有譜。

這時，有人潑冷水道：「元黨專政，聖上自保且難，如何能廣招寒門子弟入朝？」

那人坐於下首首位，一襲月色布衣，相貌平平，眉宇間卻別有幾分雍容風華。

一名青衫少年冷笑道：「那敢問白兄，聖上如何才能親政？」

這少年是嶺南人士，名叫蕭文林，白姓男子並不在崔遠結交的五人裡。

五人與崔遠志向相投，聽說他拜入了都督府謀士韓其初門下，還以為此次春日宴是與暮青和韓其初烹茶煮酒，共論國事。沒想到暮青有公務在身，而韓其初帶了一位遊學天下的雅士來，姓白名卿。

蕭文林擅棋，今日與白卿弈棋，行局過五，竟一局未勝，不由起了好勝之心，頗有針對之意。

賀晨道：「白兄之言一針見血，談論國事的確不可滿口空話。」

蕭文林欲辯，朱子明、朱子正兄弟忙打圓場。

朱子明道：「依在下愚見，朝中上品無寒門，改革朝政，廣納寒門弟子入仕是必行之策，蕭兄所言並無錯處。只是權相攝政，寒門入仕之前怕是需先行他法。」

蕭文林問：「有何他法？」

柳澤道：「在下倒有一法，聖上忍辱多年，此事並非天下皆知。朝中士族弄權，我等一介寒生，為君分憂唯有筆口可倚。何不賦詩廣布天下，揭元黨篡朝之心，為聖上洗脫汙名？」

此言一出，偏廳稍靜，崔遠道：「柳兄之策雖然溫和，但我等能做的確實也只有此事了。」

說罷，他看向韓其初，韓其初卻一直望著對面。

白卿席地而坐，烹茶品茶，好不悠哉，聽見柳澤之策，還是潑了冷水：「既知元黨勢大，還要以卵擊石，豈不知詩文一旦傳入民間，你等即刻便會被冠以亂黨之名，輕則遭官府緝拿，重則連累族人，一旦被捕，絕無可能活命？」

少年們無言以對，蕭文林面色激憤。

「沒想到白兄竟是貪生怕死之輩！」蕭文林憤而起身，他本對白卿有些佩服，只是起了好勝之心，沒想到他觀事眼光犀利，卻有貪生之嫌。「道不同不相為謀，蕭某告辭！」

蕭文林拂袖便出了偏廳，暮青從樹後一轉，佯裝剛進園子，撥開桃枝便現身出來。

暮青望進廳裡，見崔遠和朱家兄弟正起身欲勸，賀晨不理會，柳澤一臉憂色，白卿一心烹茶。

「春日宴是應都督之請，蕭某早退，改日定當登門請罪。」蕭文林朝暮青深深一揖，揖罷便走。

白卿漫不經心地道：「徒有大志，離去也罷。」

「你說什麼？」蕭文林氣惱地回身。

「智者謀事，知險而化險；勇夫行事，知險而以身犯險；莽夫行事，知險而一意赴死。你不過莽夫爾。」

「那又如何？」蕭文林怒道：「莽夫亦有一腔熱血，亦知天下興亡！蕭某雖是一介寒生，良心卻在，當一回莽夫又如何？」

白卿靠近茶爐烤了烤手。「你倒是不怕赴死，就是不知聖上可願你等赴死。」

蕭文林一愣，少年們望向白卿。

白卿道：「聖上艱難，求才若渴，少年學子乃國之希冀，逞莽夫之勇只可成全自己，留住青山卻可造福黎民。你們說，聖上可願看你們犯險赴死？」

學子們語塞，士族門閥鼎盛，寒門入仕無路，不知有多少人為求前程拜入士族門下，受人驅使折辱，從未有人告訴過他們，他們如此重要。

「我等只是想為聖上分憂。」柳澤景仰地望著白卿。

「力可盡，憂可分，性命不可丟。」白卿一笑，風華雍容。「你等如今確實唯有筆口可倚，但絕不可在江北。若去江南，可保性命。」

賀晨道：「可聽聞嶺南王是元黨，與何家軍多有摩擦。」

「你們可去汴州、淮州、黔西、星羅。」白卿指點道，但未多做解釋。

少年們卻明白了，聖上常去行宮，想必汴州是安全的。淮州緊鄰汴州，而黔西、星羅則離嶺南甚遠。詩文、童謠在民間向來傳得快，他們在江南既可保命又可為聖上正名，到時定有學子回應，聖上得了寒門學子之心便是得了民心，想必與元家能有一爭之力。

白卿垂眸品茶，又潑冷水：「天下傳聞並非一江能隔，朝中奸細也非一江能隔。成大業之途，陰謀險阻、爾虞我詐、背叛欺心、烈血犧牲，荊棘密布。我為爾等指一條明路，此路卻非坦途，需你等披荊斬棘，齊心協力。望這一路能全你等智者心計勇者膽識，他日還朝，即成國之棟梁。」

少年們互望一眼，起身齊聲道：「我等定謹記教誨，不負所望！」

蕭文林在門口深深一揖，說道：「蕭某莽撞，不識白兄良苦用心，多有得罪，望白兄受蕭某一拜！」

少年跪倒便拜，起身後對暮青道：「多謝都督相邀，在下受益匪淺，今日且先告辭，明日還請都督允許在下登門，負荊請罪。」

蕭文林已知錯，但大興客卿之風甚重，文人相聚頗重禮儀，他早早求去失禮在先，若現在反悔留下來，便有想走便走、想留便留之嫌，這對主人是大不敬。

「嗯。」暮青沒有挽留，都督府也有規矩，這些少年還很稚嫩，多些經歷總是好的。

蕭文林走後，暮青進了花廳，韓其初領著少年們向她行禮，白卿也慢悠悠地起身朝暮青一揖。

韓其初咳了一聲，面色精采地看了白卿一眼。

暮青受禮賜坐，劉黑子和石大海端入飯菜，開了午宴。

午宴氣氛熱鬧，賀晨、柳澤和朱家兄弟對白卿頗為景仰，逐一向他請教，白卿一一而答，見聞之廣、見識之深令少年們頗為嘆服。

崔遠偷偷地問韓其初：「老師，此人是何來頭？」

韓其初笑而不語。

宴席過半，大家共商去江南之事。因他們之中唯有蕭文林家在嶺南，其餘人皆是江北人氏，為了不招惹禍事，他們決定各取賢號，日後相互之間以賢號相稱。

大興開國年間，高祖帳下謀士七人曾以梅、蘭、竹、菊、松、雪、風為號，世人稱之為七賢，如今七賢皆已作古，而今要去江南謀事的有六人，算上白卿，剛好七人。

白卿並不去江南，少年們卻仍視他為七賢之首。

志學之年，年少稚嫩，遠走江南謀事並非兒戲，需得仔細謀劃。崔遠乃都督府門生，若他與友人突然不再去望山樓，而江南又出現了替君正名的詩文、童謠，他們很快就會被人疑上。且崔遠想去江南，楊氏也未必放心得下。

「今日回去不可私論此事，以免隔牆有耳。如今人人皆知你們是都督府門下的清客，議事時來都督府便可。」宴席散時，暮青道。

事關性命，少年們忙言記下了。

崔遠出門去送友人，人都走後，韓其初離席拜道：「讓陛下跟隨學生，委屈陛下了。」

步惜歡笑道：「你家都督都不怕朕委屈，你就別惶恐了，平身吧。」

韓其初謝恩起身，步惜歡問坐在上首的暮青：「朕乏了，想去後園走走，愛卿可要伴駕？」

暮青裝模作樣地起身道：「陛下請。」

步惜歡出了偏廳，暮青跟隨在後，韓其初望著兩人的背影，面色古怪——聖上微服考校學子，不得已屈坐下首，但人走了，都督卻仍在上首坐著，聖上竟未降罪。

都督與聖上的私交絕非表面上這麼簡單。

步惜歡的身子已無大礙，若非為了春日宴，他早該回宮了。一回閣樓，暮青就問：「你今夜回宮，一應事宜都安排好了？」

步惜歡罵道：「迫不及待地攆我回宮，嫌這幾日占著妳的床了？趕明兒給妳換張寬敞的。」

「黃花梨，一丈寬，不謝。」暮青拿起面具細瞧，她一直弄不明白人皮面具的工藝，有時真想拿刀割兩下看看。

「妳可真不嫌貪。」步惜歡笑斥，古來獨坐曰枰，三尺曰榻，八尺曰床，龍床亦不過九尺，她竟要一丈的。

「白卿，白衣卿相，一聽就是假名。」暮青生硬地換了話題。

「我沒跟妳說過？我母妃姓白。」步惜歡道。

暮青一愣。「白家如今還在朝中？」

「早不在了。」步惜歡臨窗遠望，春風悠悠，聲也悠悠：「方才提起將作監，我外祖便是將作大監，三品官職，掌宮室建築及宮中各類器用的打造，權勢不高，但家財頗豐。先帝知道我父王只求享樂，指婚時便挑了白家，可我外祖權勢不高，我父王在兄弟們之間受了不少嘲諷，連帶著便不喜母妃。我母妃死後，宮中便在一批玩器上挑了個瑕疵，將我外祖罷了官。」

「老人家可還在世？」

「前兩年因病過世了。」
暮青不知怎麼安慰人，便又換了話題：「那些少年是我門下清客，一旦不見了蹤影，很容易被人猜到。」
步惜歡道：「妳放心，我自會安排人扮作他們常去望山樓和妳府上。」
暮青聞言不由評價道：「刺月門人才輩出。」
江湖殺手都會吟詩作對了。
「妳忘了我培養了一批人專扮男妃？那些公子皆是士族豢養的，琴棋書畫無一不精，我的人若無這些本事，哪能扮得像？」
暮青當然沒忘，前些天她殺了安鶴，長春院的掌事司徒春也死了，可這幾日宮裡和長春院裡都沒動靜，必是有人假扮了兩人。司徒春倒罷了，安鶴是服侍元敏的老人，元敏竟未發覺，這絕非演技高明就能辦到，步惜歡一定布局多年，就等著這一日呢。
「那他們到了江南呢？」暮青又問，步惜歡雖已在江南經營多年，但天下學子多著，朝中的探子想混入其中取得崔遠等人的信任太容易了，這些少年畢竟未經歷練。
「我自有安排。」步惜歡逆著午後的春色，眸光如海般沉靜。「逆境磨人，我在宮中無所依靠能走到今日，妳亦能從汴州來到盛京，他們為何不能下江南？

妳要相信他們。」

暮青默然良久，最終點了頭。

步惜歡求才若渴，他更捨不得這些學子，他說自有安排，那就只能信他。

第十章

嫌疑名單

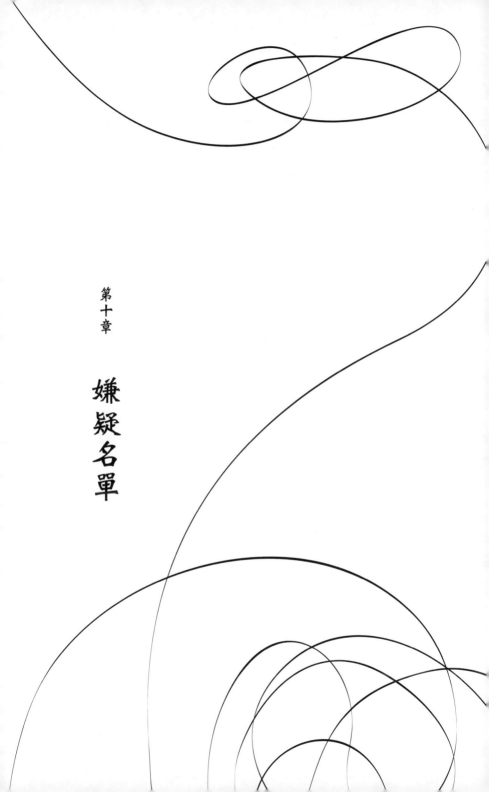

許氏歇在都督府西廂，次日清晨，人醒了。

暮青來到西廂時，楊氏正在床前侍藥，眉眼間的神態比平時更為堅毅。

暮青不由暗嘆一聲，知道楊氏是同意崔遠遠行了。當初在奉縣縣衙以己為戒教導孩兒國法之重的婦人，比她想像得還要堅強。

楊氏見暮青來了，便端著湯藥退到了一旁。

暮青見許氏已能坐起來了，於是問道：「能說話嗎？」

許氏不敢出聲，連頭也不敢抬。

暮青問道：「十幾年前，妳為何搬離京成？」

許氏聞言面色惶然，支支吾吾地道：「民婦……民婦的夫君過世早，孤兒寡母難以謀生，便變賣了屋宅，回許陽縣投親。」

「哦？屋宅變賣了？」

「變賣了……」

「妳家左鄰撈出具浮屍，人嫌晦氣，誰會買妳家屋宅？」

「那人……那人不知左鄰之事……」

暮青聞言冷笑一聲，懶得問許氏要紅契和契稅書，她必定沒有。

古代百姓買賣田宅並非易事，有明律規定：「凡典賣、倚當物業，先問房親，房親不買，次問四鄰，四鄰不要，他人並得交易。」

即想賣田宅，要先得到族人的首肯，還要得到鄰居的首肯。業主需拿一張問帖，將族人鄰居的名姓列在其上，寫明賣宅的理由及銀兩，詢問親鄰可願買宅、可同意賣宅，同意者在問帖上簽名，若有人拒簽，田宅就不得賣予他人。當然，拒簽要有理由，如「業主敗壞家財」、「賣此田宅有違祖訓」等。

過了「遍問親鄰」這一關，買賣雙方需去衙門買一張定帖，起草正契，一式四份：一份買方持有，一份賣方持有，一份交衙門審批，一份留在稅院備案。大興沒有房產證，田宅正契需蓋衙門的公章，蓋了章的叫紅契，沒蓋章的叫白契。白契在公堂上是廢紙一張，假如官府得知誰買賣田宅用的是白契，未交契稅，這田宅便可以被沒收。

隔壁撈出了死屍，許氏想賣宅，街坊是絕不會同意的。

「好，妳可以回去了。」暮青忽然對楊氏道：「妳去街上僱輛馬車。」

楊氏得令，一開房門，見元修正在屋外。

元修負手讓開，暮青將藥給了許氏，淡淡地道：「我憐妳孤兒寡母，這藥妳便拿去吧。」

許氏含淚磕了頭，揣著藥就走了。

人一走，暮青就對元修道：「派人出城，扮作山匪，你懂的。」

元修大笑一聲：「懂！」

元修出了都督府，喚來親兵吩咐：「另派兩路人馬到城門，如遇那輛馬車回來，不許盤查，立即放進來！」

「是！」

……

傍晚，城門將關之時，馬車疾奔進城，車夫喊著有匪，一路喊到了都督府門前。

許氏已受驚昏厥，巫瑾早被請到了府中，施針過後，還是那句話：「歇一晚，明早可審。」

次日清早，暮青來到西廂時，許氏已在門口跪迎。「求都督搭救！」

暮青道：「山匪罷了，府衙已派兵剿匪，妳可以回去了。」

許氏哭道：「是他們派來的，他們要殺民婦！萬一他們連我兒也不放過可怎生是好？請都督搭救我兒！」

「派你的人去許陽縣看看。」暮青對元修道，元修出了西廂卻沒出府，只在院子裡停了一會兒，回去時，聽見許氏已說起了當年之事。

「……馬嬸無兒無女，喪事是街坊們給操辦的，誰也不知她有兩個遠房姪子。她死後不久，宅子裡搬來一夥兒人，成日不出門。街坊怕是歹人，去報過官，但未見有人來查。有天夜裡，民婦家裡闖進一人，身量高壯，手裡有刀，威脅說這些日子裡的見聞不可說出去，不然便要殺了民婦和幼子。」
「人有多高？」
「可高了，與房門差不幾許。」
「是何模樣？」
「他蒙著面，眼大如鈴，眉毛粗黑，手臂上刺著條青蟒。」
元修在屋外聞言，目光一變！
暮青又問：「妳怎會看見他手臂上的花青？」
許氏道：「那是夏時，他挽著袖子，民婦從袖口裡瞧見一條青蟒頭。那時，城外山匪橫行，聽說……身上刺著青蟒的是……」
「青蟒幫。」元修進了屋，說道：「聖上初登基那幾年朝局不穩，江北生了匪禍，有個匪幫的幫眾身上刺著青蟒，人稱青蟒幫。此幫無惡不作，三年間吞併了上陵和越州的匪幫散眾，把凶案做到盛京百里外。我那時到西北從軍，行經越州，順路殺上了青蟒幫的總寨，取了他們幫主的首級，下山後扔進了越州州衙。青蟒幫的幫主一死，匪眾四遁，越州剿了半年的匪便將他們剿得差不多了，而今已有多年沒聽過青蟒幫了。」
暮青聽著，點了點頭，繼續問：「他當時為何沒殺你們？」
這匪徒應該就是殺老多傑的凶手了，他那夜沒將許氏母子殺了，理由應該很簡單——滅門案是大案，會惹人耳目。那幕後之人不想引人注意，因此才命人去威脅兩家人，意圖在人搬走的路上再殺人滅口。

可許氏母子搬去許陽縣的途中並未遭人滅口，這是為何？

見許氏欲言又止，暮青道：「事到如今，還想隱瞞？」

「不不！」許氏急忙道：「那夜，那凶徒見民婦家中沒漢子，便……便生了色心，正當他欲行不軌時，民婦被一人所救。」

「被人所救？」暮青詫異了。「仔細道來！」

許氏道：「那夜，民婦本以為那人威脅完了就會走，哪知他生了色心，欲行不軌……民婦怕他傷害孩子，故而不敢反抗，以為……哪知那人的心口忽然間便透出一把血淋淋的刀子！」

「殺人者是何人？」

「民婦不知，那人罩在一身黑斗篷裡。」

「身量呢？」

「中等，比民婦高些。」

「後來呢？」

「後來那人便走了，有兩個人將屍體抬了出去，民婦聽見了馬蹄聲。」

「妳還聽見了什麼？」

許氏搖了搖頭。「沒了。那些人雖然沒再回來，可民婦卻不敢再住下去了，便將嫁妝拿去當了銀子，在衙門裡使了些錢財，辦了遷去許陽縣的路引和文書。」

暮青問：「那當年妳可聽見隔壁有人說話，說了些什麼？」

許氏搖頭。「隔壁白天幾乎沒聲兒，夜裡有時有馬車來去。」

「他們住了多久？」

「半個月左右。」

暮青沉默了，片刻後說道：「妳歇著吧，會有人保護妳兒子的安全。」

說罷，她便和元修走了。

兩人去了花廳，一坐下，暮青就道：「凶手身分尊貴，年紀在二十五到三十歲之間，身量約莫五尺二、三，也就是中等身量。其母常年臥病在榻，他對生母頗有感情，且對元家心懷怨恨。速查符合上述特徵的士族公子，嫡庶不論。」

元修聽得發愣。「妳怎知？」

暮青道：「幕後之人身分尊貴，否則他難與勒丹人勾結，也沒有能力驅使青蟒幫，更不可能出現在相府別院。其次是他的年紀，那個救了許氏的人應該就是幕後真凶。」

「為何？」

「因為許氏母子在回許陽縣的路上沒死。」

「聽不懂！」元修沒好氣地道，行軍打仗，他戰無不勝，但跟著她辦案，他總覺得腦子不好使。

暮青問：「他救了許氏，你不覺得奇怪？」

元修道：「當然奇怪，但他殺那匪徒未必是為了救許氏，那匪徒身量顯眼又知道得太多，註定要被滅口。」

暮青道：「但我不認為他會在許氏家被滅口，青蟒幫是匪幫，要將一個匪徒滅口還需要在京城裡？待他回到幫中再滅口，屍體或埋或棄，絕無人管，在京城殺人還要冒風險。」

元修擰起眉頭，這才覺出了古怪。

暮青道：「那夜，那人殺匪必是出於私心。假如他只是個殺手，那麼他必不敢私自處刑。假如他只是一時糊塗救了許氏，許氏母子不可能活著到許陽縣，許氏親眼見到了匪徒被殺，那幕後之人可能留她性命嗎？所以，除了真凶本人，沒人能饒許氏母子不死，只是沒想到他當時是個少年郎。」

「什麼？少年？」元修不解。「許氏說過那人比她高，怎會是個少年？」

暮青道：「你忽略了一點，許氏險被姦汙，她當時是躺著或是跪著的，人處於低矮位置時，極易造成視覺誤差，許氏說那人比她高，實際上那人的身高至多與她相仿。而許氏約莫四尺八寸，這身量對男子來說至多是個少年。」

元修沒想到還有這種說法，他乾脆盤膝一坐，仰頭端量暮青。

暮青站起來道：「你還可以躺下看看。」

元修朗聲一笑，當真往後一倒，仰面朝天地望向暮青。

暮青問：「如何？」

元修端量了一會兒，翻身坐起，面色凝重。

暮青接著道：「我也想過此人可能是天生不高，但從他衝動救人之舉來看，很像心智未全，因此我更傾向於他的年紀不大。許氏母子搬離時是元隆五年六月，即十四年前，因此我推測凶手現今的年紀在二十五到三十歲之間，身量在五尺二到五尺四寸之間。」

「許氏與他非親非故，他卻衝動施救，此舉應有情感根源，即許氏在某些方面觸動了他的情感。許氏夫君早亡，她身嬌體弱常年臥病，又有獨子需要撫養，日子艱辛，凶手的母親可能也境遇相似。」

「勒丹大王子是在相府別院裡被殺的，凶手能出入別院，可能是元家子弟、元家的親族子弟、京城裡的士族公子。他的目的有二：其一，他絕不是想給元家安一個通敵罪，那樣的話，屍體會早早的被發現。他拋屍別院，應是想拿相府當掩護，因為假如屍體被發現，你爹一定會祕而不宣，這等於保護了凶手。其二，凶手可能怨恨元家，從民俗上來講，在人家宅子裡藏屍是最晦氣的詛咒。無論凶手的目的是哪一種，他對元家都必定是不友善的。」

「凶手懂武藝，因為能將那凶徒一劍穿胸的人必定會武。凶手在元隆五年夏天曾出席過相府別院的園會，我曾推斷，凶手除掉老多傑之前會支走勒丹大王子和侍衛，如今想來，園會是個好藉口。因為勒丹人的目的就是刺殺你爹，相府護衛重重難以混入，而混進別院則容易得多。」

「當年，事情應該是這樣的：凶手與勒丹人約好要混入相府別院，誰知那日勒丹大王子犯了牙疾，凶手對大王子說：『老多傑太過顯眼，恐怕混不進別院，不如讓他留下將郎中滅口，夜裡再想辦法將他接進去。』如此一來，凶手支走了大王子，計畫順利實施，他在別院殺了大王子及其隨從，並拋屍湖底。別院的湖水若能放乾，底下十有八九還有屍體。」

「待你的人查出名單後，從中挑選出身懷武藝，且當年夏天出席過園會的人就好。若那年夏天辦了不少園會，可以問問鄭當歸他爹被請去為人醫治牙疾是哪天，相府別院定是在那日辦的園會。」

暮青嫌兩人搭檔推理太慢，索性都說了。

元修不由感慨，有些日子沒聽她斷案了，十幾年的案子，屍體都化成白骨，她愣是給理清了。

這腦子……

「我這就命人去查！」

盛京的士族子弟裡，生母常年臥病的不少，但年紀和身量對得上，又出席過當年夏天別院園會的就沒幾個了。

兩天後，元修將名單給了暮青。

暮青一看，問道：「你五哥也在其中？」

「妳懷疑我五哥？」元修擺手笑道：「不可能！妳瞧瞧別人。」

「你五哥多大年紀，身量幾何？」暮青問。

元修見暮青真疑他五哥，這才收起玩笑之態，說道：「我五哥元謙而立之年，身量五尺四寸，但他不會武藝，且身子不好，常年以輪車代步。我爹的原配夫人過世早，我娘進府時，我五哥才三歲，與我娘感情深厚，我們兄弟感情也很好。他自知身子不好，連閒職都不讓家裡安排，平日裡常賦詩作畫、賞章玩石。他才冠盛京，謙和純正，妳見到他便知道了，世間少有他那樣的謙謙君子。」

暮青問：「我近日能見到他嗎？」

元修皺著眉道：「恐怕得過些日子。前幾日春日宴，他請幾位學子小聚，詩興大發小飲了幾杯，夜裡頭痛發熱，我娘罰了好些人，這幾日因憂心五哥，連侯府都去得少了。」

暮青沉默了，若元謙不會武藝，身子又弱成這樣，那還真是嫌疑不大。想著，她又看了眼單子，心不由一沉。「當年請了步家子弟？」

元修道：「那時朝局不穩，相府的園會常邀皇家子弟。當年，恆王府裡來的是庶長子步惜晟、庶次子步惜鴻，步惜晟年有三十，其母是歌姬，常年臥病。步惜晟的武藝在盛京子弟裡是拔尖的，他官拜宣武將軍，四品散官，現已建府另居，並將其母接出王府贍養，母子感情甚好。他的身量有五尺四寸，很符合妳對凶手的推測，但他有無那等城府就不得而知了。」

「有沒有，請來一問便知。」暮青將名單看完，發現除了步惜晟，還有一人也符合她的推斷，是安平侯的嫡子沈明泰。

元修道：「沈府與我家的恩怨都是皇子爭位鬧的，老安平侯前些年因病辭世，長子承爵，只得一個嫡子，其餘皆是庶女。沈明泰二十有六，賦閒在家，劍術不錯，為人圓滑。我覺得若論城府，他在步惜晟之上。」

「但他年紀偏小。」暮青道，案發時間在十四年前，沈明泰只有十二歲。

「小什麼？再過三年都能娶妻了。」元修道。

「你二十六了，也沒娶妻。」暮青回了句嘴，卻覺得元修之言也有道理，士族子弟的成長環境不同，心智早熟。

元修知道暮青之言必不含女兒心思，卻還是接了話：「妳若願意，我即刻就娶。」

暮青抬頭，見男子目光深邃，沉淵裡卻透著一點明光，那般微薄，卻熾烈如火。

「我不願意。」暮青將那點微光壓滅，覺得這樣對元修才好。元敏是她的殺父仇人，她不可能與元家結親。元修對她情根深種，日後只有痛苦。

元修眼底的明光被澆滅，剎那間深不見底。「我等就是。」

「你不必等，我——」

「我的事，我自有主張。」

暮青本想說她已心有所屬，不料被元修打斷。

「還是談案子吧。」元修淡淡地道：「名單我看過了，符合的只有步惜晟和沈明泰。妳打算如何查？」

「眼下沒有證據，可以先遞帖相邀，若有嫌疑再查不遲。」

「先請誰？」

「步惜晟。」

帖子遞到宣武將軍府上，步惜晟午後就來了都督府。

暮青出門相迎，卻聽見絲竹之音傳來，美姬抱琴焚香引路，一輛華車停在都督府門口，下來的人紫袍玉冠，眉眼與步惜歡有幾分相似，是恆王世子步惜塵。

暮青面色一寒，說道：「帖子上的人名似乎沒寫錯。」

「都督想見我庶兄，人不是來了？」步惜塵回身一望，華車裡下來一人，石青華袍，勾雷金冠，有些英武之氣。

這時，兩個美姬手捧香爐而來，人未進府，香已飄來。

暮青斥道：「滅了！」

美姬手一抖，香爐登時打翻在地。

步惜塵陰鬱地道：「看來都督不歡迎本世子，那本世子與家兄便告辭了。」

暮青道：「你可以走，我本來就沒請你。」

這話太直接，步惜塵好生打量了暮青一番，隨即一改怒容，朝暮青長揖一禮，說道：「本世子就欣賞都督的真性情，看來今日要厚著臉皮到府上作回客了。我與庶兄感情甚好，都督送帖來時，我正在庶兄府上，因仰慕都督，便跟來了，吵擾之處還望都督寬宥。」

暮青冷冷地道：「感情甚好的話，你該稱他為大哥，而非庶兄。」

步惜塵打了個踉蹌，看怪胎似地看著暮青。

「宣武將軍請。」暮青看出步惜塵不來，步惜晟不敢進府，於是對石大海道：「只許他們兩人進來。」

石大海門神似地往門口一站，兩人進了府，到了花廳，暮青到上首端坐，命人上茶後便開門見山：「我請宣武將軍來，為的是問一件案子。」

「案子？」步惜塵一臉興味。

「沒問你！」暮青斥道。

步惜塵扯出抹笑來，點頭道：「好，那本世子就當個聽官兒。」

步惜晟比步惜塵年長十歲，一直被吆來喝去，今日見他吃癟，心中大為痛快，便和善地道：「都督奉命查案，但問無妨。」

「元隆五年，相府別院辦的遊湖賞荷園會，將軍可去過？」

「元隆五年？」步惜晟愣了半晌。「十幾年前的事了，在下還真記不清了。都督因何問及此事？」

暮青沒解釋，只問：「將軍時常參加園會？」

「每年都有不少，各類名目的，尤其是聖上初登基那些年……」話說至此，步惜晟忽然住口，果見步惜塵的目光陰沉了些。

暮青將兩人的神色看在眼裡，又問：「聖上初登基那幾年，將軍可去過相府的園會？」

步惜晟道：「哪年都去，元隆五年想必也去過。」

「好，多謝將軍相告，將軍可以回去了。」暮青說罷便起身送客。

步惜塵和步惜晟都愣了，兩人猜出暮青問的應是湖底藏屍案，卻沒想到只問了這麼三兩句。

臨走前，步惜塵看了暮青一眼，意味深長。

兩人走後，偏廳裡轉出一人來，正是元修。

暮青道：「不是他。」

元修問：「那麼，只能是沈明泰了？」

暮青道：「不好說，下帖子吧。」

帖子傍晚送入了安平侯府，沈明泰次日早上才來，來時也並非一人。

馬車裡下來一名少年，年紀與暮青相仿，手執一把摺扇，扇面繪著枝玉蘭，襯得玉面含春。少年垂首立在沈明泰身後，甚是恭謹靦腆。

沈明泰朗朗一笑，拱手道：「久聞都督英名，接到帖子，在下喜不自勝。」

暮青道：「世子請進，這位小姐還請留步。」

兩人一愣，沈明泰笑道：「此乃舍弟，仰慕都督威名，特來拜會。」

「軍機重地，閒人免進。」暮青撂下話便走，篤定沈明泰定會珍惜作客的機會。

沈明泰果然回身道：「妳且回馬車裡等著。」

少女福了福身，沈明泰便進了都督府。

花廳裡，暮青開門見山，還是昨天的那些問題：「元隆五年，相府別院辦的遊湖賞荷園會，世子可去過？」

沈明泰也愣了半晌。「去是去過，可不知都督因何問及此事？」

暮青問：「元隆五年距今已有十四年，世子為何記得清？」

沈明泰道：「想必都督聽說過我們侯府和相府的恩怨，相府的園會甚少請侯府子弟，去得少，自然記得。」

「既有恩怨，那相府為何請世子遊湖？」

沈明泰薄唇微抿，淡淡地道：「相府之意，在下怎能猜得透？說來也不怕都督笑話，以沈家如今之勢，相府的帖子哪能不接？」

暮青道：「我請世子來府上，所問之事自然與查案有關，此案事關重大，沈府不宜再惹是非，世子還是實言相告為好。」

沈明泰頗為訝異，他不知暮青是如何看出他未實言的，權衡再三，才道：「但凡相府有請，多是一些與侯府不同路的子弟在起鬨，去了也不過是譏諷羞辱。事關顏面，方才在下才想隱瞞，還望都督莫怪。」

暮青問：「當年他們是如何欺辱世子的？」

「這……那年遊湖賞荷，我被推入了湖中，染了風寒，回府後休養了半個月才好。」

「你落水後，何人救的你？」

「相府的護衛。」

「上岸後是在別院歇著還是回了侯府？」

「歇在別院，謙公子留我歇了一晚，我次日才回侯府。」

「你夜裡可聽到過什麼動靜？」

「動靜多了，飲酒賦詩，撫琴作畫，吵得很。」

「吵？」暮青神色不動，繼續問：「世子的房間與宴會之所離得頗近？」

「近，中間只隔了片林子。」

「你落湖受驚，需要靜養，為何客房要如此安排？」

「這……方才已跟都督說過了，京中子弟有意欺辱罷了。相府別院年年遊湖賞荷，他們喜愛的住處一早就挑好了，侯府子弟哪有得挑？」沈明泰苦笑，心覺古怪，十多年前的事與案子有何關聯？

暮青道：「多謝相告，世子可以回去了。」

但暮青要送客，沈明泰卻沒有走的意思。「不瞞都督說，今日前來，實是有事相商。」

暮青聞言，面色冷得不近人情。「正事可商，婚事免談。」

沈明泰一愣，隨即大笑。「都督真乃直爽之人，在下有一妹妹，閨名問玉，溫婉可人，仰慕都督已久，今日原想見都督一面，不料被都督識破，如今還在馬車裡等著，若都督有意，不妨……見一見？」

暮青一愣，她倒沒看出那是沈問玉。劉氏自縊一案，她曾想見沈問玉，但她以體弱多病、怕見仵作晦氣為由拒絕了，故而她們從未謀面——安平侯府竟想將沈問玉嫁給她，世間還有比這更可笑的事嗎？

沈明泰笑道：「都督有所不知，舍妹可是侯府正經的嫡小姐。」

暮青面含譏色。「侯府倒看得起我，只不過我是仵作出身，沈小姐身嬌體弱，過了晦氣給她怕是不好。」

沈明泰道：「武將陽氣重，晦氣不敢近身，想來舍妹定能與都督舉案齊眉、兒孫滿堂。」

暮青心道這人好一張媒婆嘴，心中厭煩，於是回道：「抱歉，庶子、庶孫就免了。」

沈明泰嘴角一抽。「庶子？」

暮青道：「我家中已有嫡妻，難道世子不知？糟糠之妻不可棄，我無納妾之心，世子請回吧。」

納妾？

沈明泰擠出個難看的笑容來，問道：「在下從未聽過都督娶妻之事，敢問都督的原配夫人可是於微寒之時娶的？這等女子怎能配得上都督？」

「放肆！」暮青面色一寒，起身斥道：「貧賤之交不可忘，糟糠之妻不可棄，沈世子是要我做那負心之徒？我與夫人相識於微寒之時，般配與否，豈容外人置喙？世子請回，不必再來！」

沈明泰的臉色青紅交替，心中懊惱，怪自己沒查清底細便來說親，丟了臉面不說，還把人給得罪了，於是急忙告罪：「在下唐突了，不知都督與夫人伉儷情深，失禮之處還望莫怪，只當是舍妹沒福氣吧。」

「自然。」暮青道。

沈明泰聞言臉色鐵青，心道：這少年還真覺得堂堂侯府嫡女不如他那糟糠之妻？

「告辭！」他再不想待，即刻拱手作別。

沈明泰前腳剛走，都督府裡，一聲大笑便驚了鳥雀。

元修出來，大笑道：「好一個庶子、庶孫！沈明泰出了名的八面玲瓏，今日被打疼了臉，想必恨不得與妳老死不相往來。」

暮青掏了掏耳朵。「你再拿魔音吵我，我也與你不相往來。」

元修果真忍住了笑，問：「我此生亦可不納妾，妳可願嫁我？」

暮青心道這廝又來了，不由沉默以對。

她想說願得一心人，白首不相離，想說不納妾只是她所求之一，但她沒說。是那一心人，哪怕她與所愛之人不能終成眷屬，也不會選擇元修，因為那對他不公平。她期望別人如何待她，便期望自己如何待人。

何必說呢？平白給人期許罷了。她信元修做得到，但對元修來說，她已不

元修的目光黯淡了些，半晌，他另起話題：「說案子吧，妳問沈明泰的話多些，莫非他的嫌疑大？」

暮青搖頭道：「凶手可能另有其人。若他們當中有一個是凶手，我在問起『元隆五年相府別院』時，凶手就應該警覺，但步惜晟沒有戒備的神情，他是真

記不起當年的事了。」
「沈明泰呢？」
「沈明泰倒是防備很深，但他的防備來自於恥辱心。倒是可以再查查他，不過那日去園會的人還要再查一遍，我總覺得有遺漏。」
「何以見得？」
「直覺。」
元修搖頭失笑。
「別笑，直覺很重要，尤其是女子的直覺。」暮青道，都說女人的直覺準，這是有道理的。女性有十四到十六塊的大腦區域擁有評估他人行為的功能，而男性的大腦裡能夠完成同類功能的區域只有四到六塊，因此女性的感知力遠勝於男性，在直覺方面，女人的能力是與生俱來的。
「我以為妳斷案講究的是證據。」元修打趣道。
「斷案當然要講證據，但推理有時要在缺乏證據的情況下進行，當案件進入瓶頸的時候，直覺和經驗往往能起到作用。你還記得沈明泰的話嗎？他落湖受驚，需要靜養，客房卻離宴會之所甚近，這有沒有可能是凶手故意安排的？那夜，你爹宴請眾家子弟，飲酒賦詩，撫琴作畫，人都在廳中，沈明泰也離宴會廳甚近，這就說明在宴會時分，別院的客房裡是無人的，尤其是偏僻處。」

元修目光一變。「妳是說，凶手是在宴會時殺了勒丹大王子？」

「難道沒這可能？宴會時廳中吵鬧，凶手此時殺人，哪怕出點聲響，想必也不大惹人注意。且宴會時，下人們多數在廳裡廳外伺候，此時作案最方便。」

元修越聽眉頭皺得越緊，他知道這很有可能，但……

「沈明泰的屋子是我五哥安排的，妳還是懷疑我五哥？凶手也可能利用眾人排擠安平侯府的心思，夥同眾人將他排擠到了那屋子。我五哥為人謙和，不擅與人爭執，無奈之下從了眾人，這也並非全無可能。」

「有可能。」暮青知道元修袒護元謙，但他的推測也有可能。「你若想洗脫你五哥的嫌疑，那還是查一查他為好，那日參加園會的人也要再查一遍，尤其是宴會中途有誰告退過。」

「好！」事涉元謙，元修也沒心思多待了，於是道：「我這就回去派人再查。」

相府辦園會前會先列單子，要查誰去過容易，但要查誰中途離開過就難了。當年在別院當差的下人有調到莊子上的，有被打殺的，有被賣走的，沒剩下幾人。

十幾年前的案子，要查本就不易，暮青也不急。晚餐後，她在閣樓裡邊看書邊等人。

屋裡置著屏風，不知何時起，屏風後多了道人影。

暮青當沒瞧見，繼續看書。

半晌，步惜歡出來，嘆道：「說過多少回了，夜裡看書傷眼。」

暮青道：「若不是要等你來，我早睡了。」

「倒是我的不是了？」

「自然。」

步惜歡失笑，就她這性子，他還想著她，也不知哪輩子欠了她的。「我哪敢不來？聽說美人都要送進府了。」

「又沒進得來。」

「嗯，都督不棄糟糠之妻，真乃大好兒郎。來說說，誰是糟糠之妻？」步惜歡問。

暮青不答反問：「你是在意『糟糠』還是在意『妻』？」

「妳說呢？」步惜歡一笑，窗外的梨花都彷彿要夜半盛開，面對如此美色，糟糠二字用於他身上，真讓人有極大的罪惡感。

暮青不為所動。「你我相識於微寒之時，糟糠不算有錯。至於妻，我如今是男兒身分，而你喜雌伏……」

步惜歡笑了，眸光沉幽。「夫人之言有理，不如為夫今夜雌伏給妳瞧瞧？」

兩人靠得極近，男子低著頭，眉眼如一幅春畫，眸光更勝夜湖，湖心似有風浪翻湧，輕易便能傾覆她這一葉小舟。

暮青道：「好啊。」

步惜歡微怔，少頃，抱起暮青便往榻上去。

暮青盯著步惜歡好看的下巴，說道：「我見過步惜晟和步惜塵了。」

步惜歡把暮青放到榻上，漫不經心地問：「瞧出什麼來了？」

「步惜晟無甚嫌疑，但步惜塵對你很有敵意，你要小心。」她今夜等他來，就是為了此事。

「我不是說過他盯著御座呢？」步惜歡涼涼地道：「我母妃剛過世，元敏便給父王指了門親事，是當年的太子太傅宋家。宋氏是家中的老來女，一貫跋扈，一過府就杖殺了王府裡的不少姬妾。步惜塵隨他母妃，性情乖戾，他應是覺得父王庸懦，五伯體弱，而我是個傀儡，他才是那該坐享江山之人。我倒想瞧一瞧，他如何奪這江山。」

暮青皺眉，父子反目，兄弟鬩牆，君不君，臣不臣，江山真就如此重要？有時候，她寧願步惜歡不是皇帝，可他有明君之志，他能放她遠去西北，也尊重她的職業，她又怎能奪他之志？

可她的驕傲也難放下，待天下大定，她當真會願為六宮嬪妃中的一人？暮青知道，她是不願的，若到那一日，她定會遠走。

「怎麼了？方才還好好的。」步惜歡見暮青面色幽沉了下來，不由問道。

暮青佯裝睏了。「累了，事情說完了，你回去吧。」

步惜歡笑問：「在想納妾的事？」

暮青沒吭聲，步惜歡卻心如明鏡，她今日說此生絕不納妾，他聽到此話時便知道她的心意了。

「青青，承諾無用。我若不夠強大，承諾不過空話；我若足夠強大，承諾實屬多餘。妳若想要，我願一生不懼逆流而上。」步惜歡望進暮青的眼裡，想讓她記住今夜之言。「無需信我，只需看著。」

暮青愣了愣，恍惚間想起從軍那夜，她曾說過不懼千難萬險。

「睡吧，明兒又得查案。」步惜歡扯來被子為暮青掖好，隨即便放了帳子準備離去。

恰在此時，窗外忽然懸下一道人影！

月影道：「主子，恆王府出事了，晟公子服毒自盡！」

「什麼？」暮青聞言，一把掀開帳子下了榻。

月影呈上一張紙條，步惜歡閱罷之後遞給暮青，上頭寫著：「亥時初刻，步惜晟服毒死於宣武將軍府，宮人已前往內務府總管府，望主速回。」

暮青一驚。「那還不快回去？」

步惜歡道：「來不及了，內務府總管府離皇宮近，必是宮人先到。我安排了替子，可隨妳到宣武將軍府，見機行事。」

少頃，月殺捧著都督府親衛的衣袍和面具來，步惜歡易容成月殺，與暮青直奔宣武將軍府。

第十一章

服毒之謎

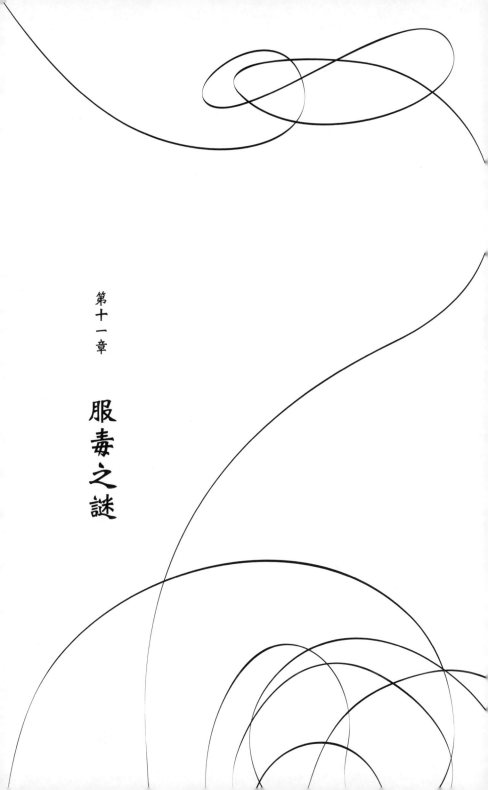

宣武將軍府中燈火通明，哭號聲、厲斥聲、棍棒聲、求饒聲亂作一團，戾氣森森。

小廝見了暮青急忙引路，暮青邊走邊問：「何故如此吵鬧？」

「回都督，王妃來了，正責問下人呢。」小廝穿著孝衣，邊回話邊哭。「將軍原本好好的，夜裡用了消夜便中毒死了，夫人報了王府、盛京府和宮裡，王妃剛到，正將經手夜食的廚子、丫頭和小廝按在院子裡打呢！」

這時已瞧見了花廳，院子裡全是人，站著的趴著的，打人的受刑的，棍棒聲喊冤聲，吵鬧不堪。

花廳裡燈火煌煌，一名寶髻華服的美婦人厲喝：「往死裡打，看這群奴才招不招！」

院子裡頓時更吵，夜風襲來，血腥氣撲鼻。

「住手！」暮青厲喝一聲。

施刑的下人回身，見一名少年帶著隨從疾步而來，少年身穿虎豹官袍，到了廳前掃了眼地上，面色甚寒。

地上趴著十來個婆子、丫鬟和小廝，春夜深寒，人皆去衣受杖，腰間血肉模糊，有幾人已昏死過去。暮青按了按那幾人的腰骨，竟被活生生地打斷了。

「速請瑾王來！」暮青吩咐小廝。

小廝不敢動，直往花廳裡瞥。

恆王妃宋氏端坐著，一個婆子喝問道：「你是何人？」

「朝廷命官。」以暮青的年紀和官品，朝中絕無第二人，宋氏哪會不知？不過是端著架子罷了。論架子，暮青也有。「繼王妃好雷厲風行的手段，出了人命，一不等仵作驗屍，二不等府衙查案，動用私刑，好大的威風！」

婆子聞言吸了口涼氣，面色惶然。

宋氏跋扈，治宅雷厲，這些年，府裡的新下人只知宋氏不知白氏，就連府裡的老人都不敢提原配王妃，更不敢稱宋氏為繼王妃。

宋氏怒而起身，環珮叮噹作響。「放肆！你好大的官威！」

「不及繼王妃的威風大。刑獄冤案，屈打成招者十之八九，有罪無罪自有衙門查，該當何罪自有國法判！繼王妃動用私刑，怕是誰的威風都沒您的大。」暮青一口一句繼王妃，將宋氏氣得連連喘氣。

婆子急忙道：「都督此言好沒道理，下人簽了死契，主子遭人毒害，他們合該杖斃，官府也管不著。王妃命人打了幾下，只是為了問出大公子是誰害的，他們若肯招，還用吃這苦頭？」

暮青怒極反笑，從一個施刑的婆子手裡奪下大杖，二話不說就扔進了花廳，隨後邁進廳堂，用解剖刀從杖上挑下一塊血糊糊的肉來，送到了婆子眼前。

「知道這是何物嗎？人肉！知道為何是糊的？打爛的！」暮青將肉糜在刀上一抹，往婆子眼前一遞。「妳敢再說一遍只打了幾下嗎？」

婆子把嘴閉得死緊，生怕一張嘴，這肉就會送進她嘴裡，那刀就能割了她的舌頭。

暮青又從杖上挑出一片皮肉來，向宋氏走去。

宋氏連連後退，呼喝左右：「攔住這狂徒！」

兩隊府兵聞令拔刀，暮青一甩刀，皮肉凌空飛去，啪的沾到柱子上，她橫臂一射，解剖刀咚的釘了上去！

府兵們望去時，暮青忽然身子一矮，束髮如墨一潑，展臂一刺，勢如雷霆！一個府兵外膝眼下三寸遭刺，下肢頓時麻了，撲通一聲栽倒。餘者一樣，膝眼、腰窩、腕門、肋下，眨眼工夫，倒了五人。

一片倒著的人裡，暮青執刀立著，面向宋氏。

府兵們紛紛後退，直到這一刻，眾人才記起那些傳聞——他是戰過馬匪的兵勇，是勇闖狄部殺出一條血路的小將，是從暹蘭大帝陵墓裡走出來的當朝名將。

府兵們眼睜睜地看著暮青拔下柱子上的刀，挑著皮肉走到了宋氏面前。

「這是心善？恭維者眼瞎，敢聽者心瞎！別跟我提家法，國法面前，家法無用！我查的案子，妳繼王妃的身分也無用！妳若想擺一擺……」暮青拈著那片皮肉在宋氏面前擺了一擺，抬手一扔，人肉啪答落在了宋氏的腦門子上。

宋氏尖聲一叫，胡亂地抹了把臉上，撞鬼般的奔出了花廳。

丫鬟婆子追了出去，施刑的下人們紛紛丟下棍棒逃出了府。

院子裡眨眼間就只剩下受刑的人和將軍府裡傻了眼的下人們，眾人望著暮青，如見神人。

宋氏跋扈，無人能治，今兒竟被一個少年給治了！

半晌後，一個丫鬟叩拜道：「多謝都督活命之恩！」

這一喊，下人們紛紛跪下謝恩。

這時，元修和巫瑾到了。

「真正的救命恩人來了。」暮青把救人的事交給巫瑾，問道：「屍身停在何處？」

「還在書房。」丫鬟起身，領著暮青便往後院去了。

步惜晟習武，作息規律，極少流連花街柳巷，夜裡多宿在府裡，且有用消夜的習慣。他用消夜多在亥時，之後便會與嫡妻歇息，今夜他說有公務，命下人將消夜端進了書房，死前留了封遺書。他的生母聽聞噩耗就昏了過去，嫡妻忍著悲痛報了宮裡、王府和府衙，靈堂尚未布置出來，屍體還在書房，只是被搬到了榻上。

暮青聽著丫鬟的回稟，回頭看了步惜歡一眼，他自從進了府就沒說過話。男子一身親兵服制，見她望來，展顏一笑，笑容那般淺，那般柔。

暮青心中一痛，心道：他果然想起母妃了。

這時，丫鬟道：「都督，書房到了。」

暮青抬眼望去，見有道曲廊盡處是座閣樓，裡頭正有哭聲傳出。

暮青走進書房時，步惜晟的嫡妻高氏、一個妾室和三個兒女正撲在屍身上痛哭。

元黨把持朝政，少有人願嫁皇家子弟，步惜晟成婚晚，府裡只有一妻一妾，兒女三人。他前日才去過都督府，今夜就死了，高氏見到暮青，明顯有怨色。

暮青道：「將軍已故，當需驗屍，此為命案現場，還請夫人帶人到偏屋等候。」

高氏擋住屍身道：「將軍是喝了燕窩粥後中毒而亡的，何需驗屍？」

「喝了燕窩粥死的？」暮青看向書桌，桌上不見遺書，想必是被高氏收起來了，但消夜還在。

一碗燕窩粥翻倒著，另有四盤點心——杏仁糕、翠玉糕、金絲酥和奶香小豆糕，盤子不大，正好能拼四塊糕點，杏仁糕和奶香小豆糕都少了一塊。

暮青問：「夫人怎知人是喝了燕窩粥死的？」

高氏道：「粥是翻倒的，自然是將軍喝粥時中的毒，這道理妾身都懂，都督看不出來？」

暮青卻道：「此話雖有道理，但不合常理。妳夫君留了遺書，表面上看是服毒而亡。一個人留下遺書，再用些飯菜，想當個飽死鬼再上路，這可以理解，但我不理解的是他為何要在吃食裡下毒。」

高氏聞言，不解其意。

「求死之人有兩種，一種是忽生自殺之念，匆匆便走了。一種是早有準備，死前會與世間告別，留下遺書、沐浴更衣、用些飯菜，妳夫君就屬於這一種。對他來說，告別儀式是莊嚴的，這頓飯菜意義特殊，是他希望再嘗一次人間之味，這樣一頓意義神聖的飯菜，他會往裡面下毒嗎？」

高氏哪裡答得出？她驚問：「那依都督之意，將軍是被人毒殺的？」

「我沒這麼說，現在還不知粥裡有毒沒毒。」暮青說罷，問步惜歡要來工具箱，取出五根銀針，分別放到粥點裡，但銀針皆未變黑。

高氏不由露出悲戚之色——粥點無毒，看來夫君是用過消夜後再服毒的，並非被人所害。

「這還不能證明吃食裡無毒，有些毒是銀針驗不出來的。」暮青將銀針收回，穿戴好驗屍的行頭後便到了榻前。

高氏怕暮青要剖屍，急忙阻止。

暮青道：「妳夫君是服毒死的，現下還不能斷定粥點無毒，若是孩子碰到……」

話沒說完，高氏急忙上前將一個男童抱離了矮榻，妾侍也慌忙護著兒女退遠，榻前頓時無人了。

「他們需要沐浴更衣。」暮青邊說邊動了動死者的脖頸、下頷和手臂，手臂還未形成屍僵，下頷和脖頸卻已僵硬——人死了有一個時辰左右，和隱衛回稟的亥時初刻吻合。

高氏忙吩咐丫鬟備水。

「妳們最好也沐浴更衣，免得蹭到孩子身上，或是毒死了自己。」暮青沾了沾死者嘴角的口涎，聞了一聞，眉頭蹙緊——消夜裡有樣點心是杏仁糕，口涎裡有杏仁味實屬正常，但步惜晟死前喝過燕窩粥，杏仁味兒不該這麼濃才是。

「快備水、備衣！」高氏再無心阻攔暮青，急匆匆地走了，書房裡終於安靜了。

步惜歡笑看著暮青，原以為她不擅與內宅女子交際，未曾想她倒是治她們的好手。

這時，暮青翻開死者的眼瞼，面色忽然變了。「幫忙把人翻過來！」

步惜歡斂了笑意，屍體一翻過來，暮青便將死者的袍衫扒下，只見死者背上已生屍斑，顏色鮮紅觸目。

暮青道：「毒閻羅！」

口中流涎，有刺鼻的杏仁味，屍斑鮮紅，眼瞼等黏膜呈紅色，乃氰化物中毒之相。

當下查的是湖底藏屍案，怎會涉及此毒？

「我去前院！」暮青轉身就走，到了門口，迎頭就撞上了元修。

元修扶住暮青道：「別去了，亂著呢！十來個下人廢了五個，就算命能保住，這輩子也下不了地了。有倆丫頭尋死覓活，我讓人打暈了。巫瑾在救人，府衙的人也聚在前院，恆王府待會兒恐會來鬧，我已調兵把將軍府給圍了，妳放心查案，旁事勿理，宮裡和相府的人我來應付。」

「步惜晟所服之毒有異，我懷疑是巫瑾多年前丟的那瓶。」暮青的話說了一半留了一半，沒提這毒與她爹的死有關。

「巫瑾府上曾有毒藥被盜？」元修不知此事，他有更想問的：「妳可驗過屍了？步惜晟究竟是服毒自盡還是遭人謀害？」

暮青道：「剛驗過，此毒名為毒閻羅，乃巫瑾年少時所製，五年前京中傳入時疫，王府裡收治百姓時丟失的，有極強的杏仁味，只能下在含有杏仁的食物裡。」

元修見桌上有盤杏仁糕，蹙著眉問：「妳是說他並非服毒自盡，而是有人將毒下在了杏仁糕裡？」

「難說，除非能證明杏仁糕裡有毒。」暮青拿起一塊杏仁糕，杏仁糕做成了杏花模樣，點綴著紅豆，奶香誘人，杏仁氣味濃郁。步惜晟若是自盡，應該不會將毒下在食物裡，可這杏仁糕很可疑。

元修道：「抓隻貓或狗來試試不就是了？」

暮青道：「如非必要，莫行此事。我先去審審廚房的人，審不出來再說。」

消夜是大廚房做的，廚房裡有兩個專司點心的丫頭。士族門第衣食講究，給主子做點心的需得是未嫁少女，身家清白，手如蔥玉，體香沁人，因此服侍點心的丫鬟向來頗有臉面。今夜，兩個丫頭被去衣杖責，尋死覓活的要保全名節，被趙良義打暈後就近抬去了廂房裡。

暮青來到廂房時，裡頭正亂著，趙良義撞見暮青如見救兵。「你可來了，快快快！你向來心狠，這事兒還是你幹合適！」

暮青甩開趙良義，問道：「何事如此吵鬧？」
「還不是那倆丫頭！」
「不是打暈了？」
「又醒了！」趙良義抓狂。「殺胡人，爺是猛將，打女人……這咋下得去手？」
他看倆小姑娘被打得不成樣子，怕下手狠了，直接把人打死了，因此只是輕輕地劈了兩下，人當時是昏過去了，可沒多久就醒了。兩人一醒就要自盡，他實在焦頭爛額。
暮青進屋，拖來椅子往床前一坐，不拉也不勸，只道：「既然死都不怕，想必也不怕說實話，那回過話再尋死吧。」
兩個丫鬟見到暮青，皆停了尋死之舉——這是救命恩人，她們記得。
「不必謝我的救命之恩，我看妳們也沒打算珍惜這條命。此案由我查，妳們實話實說便是還我的恩情了。」
兩個丫鬟道：「奴婢們一定知無不言，來生若還能做人，定投胎到都督府裡，伺候都督這樣的主子。」
「今夜的點心是誰做的？」暮青問。
「翠玉糕、金絲酥和奶香小豆糕是奴婢做的。」先答話的丫鬟杏目櫻口，臉盤圓潤，頗有幾分富貴姿色。
「杏仁糕是奴婢做的。」後答話的清瘦些，姿色稍遜，眉眼淩厲，一瞧便是個厲害性子。
暮青問：「四盤點心，為何妳只做了一樣，而她要做三樣？」
清瘦丫頭委屈地問：「都督是說奴婢躲懶？」
圓潤丫頭解釋：「都督莫怪，松春姊姊性子直，絕無冒犯之意。往常奴婢和松春姊姊是一起做點心的，可今夜主子說想吃杏仁糕，還不想吃和往常一樣的，他將松春姊姊喚去書房，給了一瓶杏仁露，說做點心時放些會格外香濃。松春姊姊說，這樣的杏仁糕以往沒做過，今夜便用心辦這一件差事，勞奴婢做了那三樣點心。」
暮青急忙問：「杏仁露在何處？」
松春道：「在書房外的杏樹下埋著。」
暮青立刻對趙良義道：「去挖！小心些，那是毒。」
趙良義臉色一沉，立刻往書房去了。
「毒？都督是說，主子真是奴婢毒死的？」松春如遭雷擊。
「妳不知情，無罪。」暮青說罷，仍有疑問：「妳為何要將那杏仁露埋了？」
松春道：「是主子吩咐奴婢埋的，說杏仁露珍貴，書房外有棵杏樹，埋在樹下能存其味，奴婢便照辦了。」
暮青聽後，眉頭動了動。她再未問話，只等趙良義回來。
趙良義回來時拿著只白玉瓶，瓶子很眼熟，巫瑾給過暮青幾回藥，都是拿這樣的玉瓶裝的——這極有可能就是巫瑾丟的那瓶毒閻羅。
暮青問松春：「仔細看看，可是妳埋的那瓶？」
松春道：「是這瓶子！」
暮青將瓶塞打開，聞見一股濃郁的杏仁氣味，非但不刺鼻，反而有些果仁香。也不知巫瑾怎能煉出這麼好聞的毒藥，怪不得松春真將它當成了杏仁露。
暮青問：「妳主子今夜還有別的反常之處嗎？」
松春想了會兒，說道：「都督不問倒不覺得，如今想想，主子是有些反常。以往奴婢送消夜時，主子總是不多看奴婢，今夜……卻總是看著奴婢說話，似乎吩咐奴婢辦的差事都是要緊事，要奴婢牢牢記著一般。」
暮青聽聞此話沉吟了一陣兒，吩咐門外的小廝：「去稟你家夫人，讓她帶遺書到書房見我。」
說罷，她又對兩個丫鬟道：「妳二人且不忙尋死，案子未破，我隨時會傳喚妳們，先養傷吧。傷養好了，尋死也有力氣。」
松春和松夏互看一眼，還沒說話，暮青就走了。

回到書房時，元修立在院外，問道：「果真是杏仁糕裡有毒？」

「沒錯。」暮青將瓶子遞給元修看了看。

「是丫頭弒主？」元修問著，又覺得不對。「步惜晟若是被毒殺的，寫遺書做什麼？」

「倒沒想到，他是個聰明人。」暮青嘆道：「他是服毒自盡的，但不是自願的，因此在死前做了諸多不合常理的事，為的就是給我留下查案的線索。」

步惜晟知道她前日相請是為查案，若他死在此時，她必會查察死因，因此在死前留下了指引。

元修嘶了一聲：「妳是說，步惜晟是被人逼死的？」

「沒錯，他不是情願自殺的。」暮青望向院中，眸底似住著一潭清泉，永不被迷霧所遮。「我要看看遺書，他留下諸多疑點，供我查到這瓶毒閻羅，遺書裡一定也有疑點可查。」

等了約莫一盞茶的工夫，高氏來了，進屋便問：「小廝說都督審了松春、松夏兩個賤婢，可是她們弒主？」

暮青道：「不是。」

「那是？」

「遺書帶來了？」暮青沒解釋，只道：「遺書裡留有破案的線索。」

高氏果然不再追問，急忙將信拿了出來。

信收在信封裡，端端正正地寫著兩個字——遺囑。

信裡寫道：「吾幼承教誨，立志報國，苦習武藝，寒暑不改，而今而立之年，一事無成，萬念俱灰，故留此書。吾妻高氏，孝勤恭儉，吾去後，望妻奉養高堂，和睦嫡長，教誨子女，勿忘勿念。不孝子晟留於元隆十九年二月初十。」

這信條理清晰，墨跡飽滿，筆跡端正，只是筆鋒微抖，有幾個字出現了積墨，險些糊成一團。

暮青看罷，冷不防地回頭看向了步惜歡！

步惜歡垂著眸，眉宇間似生了層薄霜，莫名懾人。

元修愣了愣，不知暮青何故要看月殺，又覺得月殺今夜的氣度不同以往。

正疑著，暮青問他：「你看出什麼了？」

元修回過神來，回道：「步惜晟是恆王的長子，何來嫡長之說？嫡倒罷了，長字未免莫名其妙。」

暮青嗯了一聲——何止？疑點至少有四處。

元修問：「妳也只看出了這一個不同尋常之處？」

「嗯。」暮青應了聲，卻因低頭看信而神色不明。

這回元修覺出不對勁了，此前她可是很有信心能從遺書裡找到線索的。「妳是不是在顧忌什麼？」

她查案從無顧忌，連丞相之罪都照揭不誤，還有何事不敢說？

暮青不接話，像在思索案情，這時，她的後腰忽然被人撓了一下。

暮青沒回頭，她身後只有步惜歡，他在寫字——無需顧忌我，無妨。

暮青皺起眉來，那不老實的手繼續撓——娘子心向為夫，甚慰。

暮青頓時有些惱，都什麼時候了，這人能正經一點嗎？

這時，高氏不耐地問：「都督說遺書裡有線索，如今遺書看了，案子可能破？」

暮青抿了抿唇，少頃，終於將遺書一展，說道：「其一：自殺有蓄謀自殺和激情自殺之分，自殺者亦分三種——一種生無可戀；一種還有牽掛，卻因失意等原因想要輕生；一種是患有精神疾病。步惜晟屬於第二種，且是蓄謀自殺。從遺書來看，他尚有牽掛，比如高堂、兄弟、妻兒，在這種情形下，他的心情定是矛盾的，思維會出現混亂，即說話前言不搭後語，可遺書裡，他從幼時之志說起，說到年少時苦練武藝，壯年時功名失意，清楚有序地交代了自盡的緣由，而後才交代身後事。交代身後事時同樣是有序的，先是高堂，再是兄弟，後是妻兒。遍讀遺書，他的思維清晰有序，字雖端正，筆鋒卻微抖，說明他寫遺書時的情緒是有波動的，但情緒沒有影響思維，這說明他在寫之前就想好內容了。」

「其二：他是恆王的長子，為何要寫『嫡長』二字？」

「其三：遺書開頭未表稱呼，從後半段對嫡妻的交代來看，像是寫給妻子的，但落款寫的卻是『不孝子晟』，讀起來甚是古怪。」

「這不是情緒所致，他字很端正，濡墨飽滿，其中有幾個字出現了積墨。他自幼習武，是個堅毅律己之人，會允許留在世間的最後一封信出現瑕疵？再看這幾個積墨的字——高堂、嫡長、不孝子！步惜晟聰明到明明是自殺，卻處處留下疑點，他的心理承受能力必是強大的，我不信他會被情緒壓垮，別的字都乾乾淨淨，偏偏在這三個詞上出現積墨。因此，我更傾向於這是他故意而為。」

「先說高堂，高堂指的應是恆王和恆王繼妃，恆王倒也罷了，繼王妃宋氏跋扈狠毒，步惜晟為何要囑咐妻子奉養她？」

「再說嫡長，不提長字，只說嫡。步惜晟與步惜塵的關係並不親密，甚至他是憎恨這個弟弟的，那遺書裡又為何提到他？」

「更耐人尋味的是不孝子，我聽說步惜晟是個孝子，他的生母是歌姬出身，早年失寵，臥病在床，他成親後求了恩准將生母接進府中贍養。老母尚在，兒乃孝子，為何尋死？」

「他是被逼自盡的，他不甘心，所以才留下了這些線索。他前天午後到都督府時，神態並無異常，今晚就死了，說明他的心態變化發生在前天從都督府離開後到今晚之前，考慮到他留下這些線索是需要時間思考的，他心態變化的時間還可以再提前一些，即前天下午從都督府離開後到今天中午之前。這段時間裡，他到過何處，見過何人，那人便有可能是逼死他的凶手。」

暮青將遺書往桌上一放，將毒閻羅往上面一壓——說完了！

書房裡卻無人出聲。

元修搖頭一笑，喟嘆無言。

步惜歡低著頭，掩住了眸底的贊色，往常總是隱衛回稟消息，他只能聽個結果，卻難知精采過程，今夜算是如了願。

高氏瞠目結舌，她是第一個看遺書的人，當時也有古怪感，但因悲痛未曾多想，如今聽人一樣一樣說來，終於豁然開朗。若非親眼所見親耳所聞，實難相信世間有如此聰慧之人。

暮青問：「在我說的時間段裡，妳夫君去過何處，見過何人，妳可知道？」

高氏的神情多了些敬意，答道：「妾身從不過問夫君在外頭的事，只知近日世子常來府中，夫君常陪世子出去。」

說到此處，高氏惶遽地問：「都督之意是逼死妾身夫君的人是……」

元修沉聲問：「妳說步惜塵？」

「沒有證據，只能說他有嫌疑。」暮青打斷兩人的猜測，正因為方才看出步惜塵有嫌疑，她才陷入了矛盾之中。

步惜晟在這個節骨眼兒上服毒自盡，很難不被懷疑與通敵賣國之事有關，到時不但宣武將軍府有滅頂之災，還會牽連恆王府，牽連步惜歡。恆王府的子弟通敵賣國，若被言官扣一項大罪下來，足可把火引到步惜歡身上，藉機廢帝亦非不能。

表面上看，步惜晟死了對恆王府不利，此事不該與步惜塵有關，但此人心在御座，朝中如能藉機廢帝，他定是樂見其成的。因為元修無稱帝之心，又在養傷，元敏不會逆著他，這時如若廢帝，元家很可能會另立新帝，而餘下的步家子弟裡，嫡出的只有步惜塵。

步惜塵完全可以說他殺庶兄是因為發現他勾結外敵，故而大義滅親。犧牲庶兄一家妻兒老小，為他賺一個美名和帝位，何樂而不為？這事他絕對幹得出來。

朝堂上的詭祕殺機，步惜歡比她清楚，因此在看見遺書時才那副神情。世間有什麼事能比至親刺來的刀更寒人心？他幼時入宮，六親無靠，步步為營走到今天，至親卻在背後捅刀子。

暮青還不知步惜塵是如何得到毒閻羅的，但她不能看著步惜歡走到廢帝的險地，在看到遺書的那一刻，她就知道，此案不能查下去了——步惜晟不能是自盡，步惜塵不能是凶手，步家子弟不能牽扯進通敵賣國之事裡。

此案需結，哪怕有違她此生之願。

那一刻，她懂了何為政治，何為犧牲，何為保全。

「我有話與夫人說，望能單獨一敘。」暮青忽然對高氏道。

元修和高氏都愣了，步惜歡望著暮青，眸光深沉如海，似要將她淹沒。

暮青只看著高氏。「何處方便說話？」

時辰不多了，估計假聖駕和宮裡快來人了，在此之前，今夜之事必須要有解決之策！

高氏道：「都督可與妾身去佛堂一敘。」

「好！」暮青說罷便與高氏出了書房，往佛堂而去。

元修鎖著眉，望著夜色中遠去的身影，正思忖暮青今夜的反常之舉，身後忽然傳來了腳步聲。

元修回身，見越慈往椅子裡一坐，眉宇裡生出些許雍容矜貴之態，懶洋洋地道：「愛卿不妨將門關了，朕也有話與愛卿一敘。」

元修頓時露出震驚之色！

越慈將面具一揭，露出了真容。

這夜註定漫長。

宣武將軍府的佛堂闢了約有一刻的時辰，門打開時，堂前起了風。月色霜楚，半面佛堂沐著月光，高氏出來，眼底殺意森寒。

她疾步而去，暮青在暗處負手而立，等。

少頃，夜色裡有人行來。

樹上白燈盞盞，來人兩袖如雪，到了堂前庭院，稍一駐足，滿園藥香。

巫瑾問：「都督真打算如此行事？」

暮青聲如夜風，輕飄飄的：「嗯。」

巫瑾道：「好，那幾個被打斷了腰骨的人裡有個管事婆子，體弱年邁，本就難活，就挑她吧。」

「嗯。」暮青盯著院子道。

巫瑾微微搖頭。「我原以為都督是這世間唯一堅信公理之人。」

此言誅心，暮青握拳立在佛堂門口，似一尊鐵石像，半晌後才道：「我的罪孽，我自會承受。」

說罷，她便大步離去。

步惜晟的死需要一個凶手來結案，她想過讓隱衛去牢裡換個死囚出來，這是最不傷及無辜的辦法。但如行此事，一需備面具，二需尋替身，三需對口供，宮裡就快來人了，今夜成不了事。

這麼多年了，這次恐怕是步惜塵離帝位最近的時機，他等不到查出凶手就會自首，所以結案要快，要趕在宮裡來人之前。

凶手只能在將軍府裡找，沒有對口供的時間，故而只有那些重傷昏迷的下人合適。他們開不了口，也就不需要對口供，弒主的原因自有高氏向宮裡回稟。

高氏此前一心想要查明殺夫真凶，卻未想到真相會讓將軍府有滅頂之災，當她得知利害之後，當場便知道該怎麼做了。

但如此行事，會誤一人清白。

她一生之願是天下無冤，今夜竟要製造冤案，她這輩子都不會原諒自己。

巫瑾望著暮青離去的背影，眸底似湧著萬種情緒，揉成一團，終化作一聲嘆息。「可惜，有人不願你承受。」

暮青聞言頓住腳步，回身問：「何意？」

巫瑾道：「世間盡是沽名釣譽之輩，汙濁不堪之事恨不能假借他人之手，你們倒好，爭著要自個兒沾染，真是……傻不可言。」

暮青愣住，隨即直覺是步惜歡在她走後做了何事，於是匆匆趕回了書房。

屍體仍在，步惜歡和元修卻不見了蹤影。

暮青趕到前院時，前院已經熱鬧了起來。

帝駕已到，在上首坐著，眉宇間的散漫之態還真像極了步惜歡。

元廣坐在廳中，對面是刑曹尚書林孟和盛京府尹鄭廣齊。

高氏正在御前哭訴：「……那祥記酒肆的掌櫃家中已有妻兒，他要納松春為妾，妾身怎肯依他？」

暮青一愣——掌櫃的？松春？這跟在佛堂裡商量的完全不一樣！

「松春是大廚房裡的一等丫頭，妾身用著順心，本想給將軍為妾的，怎能許他人？哪知那掌櫃得知將軍想納松春為妾後竟起了殺心？他知道將軍愛吃杏仁糕，便送給將軍一瓶杏仁露，松春拿去做了點心，將軍用過之後就……枉將軍信那賊人，以為杏仁露是難得之物，用過後還囑咐松春埋去樹下存著……陛下可要為妾身做主，妾身的夫君死得冤啊！」高氏想起亡夫，悲從心來，哭得毫不作假。

「既是被毒死的，為何派人來報時說是服毒自盡？」元廣不好唬弄，話剛問出口，外頭就傳來一聲長報。

「恆王妃、恆王世子到——」

暮青回頭，見小廝們提著燈籠而來，織錦彩繡，恆字狂草，遠遠瞧著，透著殺機。

宋氏素裝而來，滿面悲痛，到了花廳將步惜塵一推，掩面泣道：「妾身恭請聖安！庶子猝然自盡，妾身本應料理後事，怎知這孽子一時糊塗，竟犯下天理難容的大錯！」

「世子犯了何錯？」元廣問。

宋氏含恨拭淚，咬牙道：「妾身沒臉說，叫這孽子自己說吧！」

步惜塵身披素袍，去冠簪髮，悲痛地道：「啟稟聖上，大哥……是臣弟逼死的！」

林孟和鄭廣齊聞言皆驚，元廣面色深沉，問道：「世子為何逼死庶兄？」

「因為大哥就是湖底藏屍案的主謀！」步惜塵閉眼答道，面色沉痛。

高氏聞言牙齒一合，咬破舌尖，和著血將恨意嚥下，驚惶地問：「世子為何——」

「哦？」元廣打斷高氏。「世子怎知？」

「我本不知，但前日都督請大哥過府問話，我想起都督在查湖底藏屍案，猜測大哥與此案有關，便跟著去了。果然，都督問的正是當年園會的事，大哥說不記得了，都督便送客了。從都督府出來後，我與大哥找了家酒樓喝酒，席間將他灌醉，探問當年之事，沒想到……竟真是他通敵！我……我當時極怕他連累父王和母妃，於是便說要揭發他，大哥求我保守此事，說願意自盡，以保妻兒。」

「既如此，世子又為何說出此事？」

「我心裡難安，逼死兄長有違倫常，男兒行事當無愧於君父，因此今夜特來聖上面前請罪！大哥一時糊塗犯下大罪，還請聖上念在他迷途知返的分兒上，饒過他的孀妻幼子，臣弟甘願領罪！」步惜塵跪伏在地，泣不成聲。

夜風過堂，燭火急晃，人影疊疊，飄搖如鬼。元廣看向皇帝，見皇帝盯著步惜塵的脊背，殺意冷冽。

此時，似乎所有人都忘了高氏先前的話。

「是嗎？」暮青這才進了花廳，她走向步惜塵，官靴踏在青磚上，如碾人骨。「你說步惜晟是湖底藏屍案的主謀？」

「沒錯。」步惜塵剛直起腰來，臉上便颳來一道厲風，半邊臉登時被抽出一道血痕。

暮青怒斥：「放屁！」

這一聲罵真如春雷一般，宋氏戟指暮青：「放肆！」

元廣斥道：「聖上在此——」

「閉嘴！」暮青喝斥：「丞相若明日早朝罷了我的官、繳了我的帥印，我就閉嘴！不然，誰讓我查案，誰讓我練兵，誰就給我閉嘴！要是等不及明早，那現在就派人去都督府收了帥印，但人回來之前，我仍是江北水師都督，仍負責查察此案，所以現在只有我能問案，無關之人，統統閉嘴！」

暮青說罷一跪，高聲道：「臣求賜坐！」

假皇帝抬了抬衣袖，掩住抽搐的嘴角，笑道：「賜坐。」

暮青謝恩，拖來椅子往步惜塵面前一坐，見步惜塵要起，不由冷冷地道：「逼死兄長有違天理，這是你說的，跪著吧！」

說罷，她對高氏道：「恆王繼妃和世子沒聽見先前的話，妳再說一遍。」

高氏立即抽抽搭搭地把話說了一遍，宋氏和步惜塵聞言既驚且怒，暮青將兩人的神色看在眼裡，心中有數。

隨後，她開始問話。

「高氏，妳說祥記酒肆的掌櫃想納松春為妾，他一介商賈，怎敢跟宣武將軍府提這親事？」

「回都督，那掌櫃早年是走鏢的，將軍尚武，對他頗為賞識，便常有來往。

那掌櫃許是仗著將軍賞識他，便提出了親事，但以將軍府的門第，一等丫頭嫁商賈做妾實是低了，哪怕妾身沒有給將軍納妾的心思，也不會答應的。」

暮青問步惜塵：「你說前日從都督府離開後便與庶兄去了一家酒樓喝酒，是哪家酒樓？」

步惜塵的腮幫子咬得發緊，過了半晌才道：「祥記！」

暮青一愣，頓時懂了。

步惜歡在京畿布有暗樁，暗樁是收集情報的場所，多是青樓、酒肆、茶館、戲園子，這些都是王公臣子常去的地方。今夜事涉步惜塵，步惜歡自然就挑了他常去的酒樓，地點一樣，審案也就好審了。

暮青心中大定，於是接著問案：「高氏，此事可有證人？」

「有官媒，那掌櫃也知道他是高攀，因此請了官媒。」

「官媒何人？」

「那人自稱李氏，夫家是個綢緞莊的掌櫃。」

暮青又問步惜塵：「你與庶兄在祥記喝酒，可有證人？」

「有，掌櫃和小二。」步惜塵言之鑿鑿，看樣子那日真與步惜晟去喝過酒。

暮青因此更怒，他把步惜晟灌醉盤問，結果失望了。可他卻為了野心，逼死庶兄，謀害嫡兄！

「高氏！」暮青的語氣陡然凌厲了起來。「妳說掌櫃給了妳夫君一瓶杏仁露，松春做了杏仁糕，妳夫君便被毒死了。妳的意思是，毒是祥記的掌櫃給的，是嗎？」

高氏道：「正是。」

暮青問步惜塵：「你說你大哥是你逼死的，毒可是你給他的？」

「那毒我沒給大哥，是他自己的。」步惜塵垂首斂目，目光躲閃。

暮青知他在說謊，再問高氏：「妳說妳夫君曾讓松春將毒埋在樹下，即是說那毒現在在府中，那麼杏仁糕何在？毒何在？松春何在？」

高氏命小廝去抬人端物，從袖中拿出毒瓶呈給暮青。「毒在此，妾身收著。」

暮青命人掌燈，當眾將瓶塞一拔，說道：「瓶塞上尚能見到泥土，瓶內有濃郁的杏仁氣味，有誰要聞一下嗎？」

她把毒瓶遞給元廣，遞給林、鄭兩人，又遞給宋氏和步惜塵，幾人臉色鐵青，恨不能把毒潑到她臉上。

這時，小廝捧著杏仁糕進了花廳。

暮青又端著杏仁糕挨個兒問：「步惜晟今晚的消夜有燕窩粥、杏仁糕、翠玉糕、金絲酥和奶香小豆糕，此毒因有濃郁的杏仁氣味，只能下在杏仁糕裡，有人懷疑嗎？有人想嘗嗎？」

眾人算是看出來了，這人是真的恨不能毒死他們。

暮青問罷一圈兒，放下糕點，喝問：「松春何在！」

松春被抬進花廳，暮青當眾把此前在廂房裡問的話又問了一遍，兩人一問一答，事情很快就清楚了。

暮青道：「世子，高氏說人是被毒殺的，你說是自盡的。將軍府裡，丫頭、點心、毒藥俱在，現在輪到你來解釋了：第一，你大哥為何不直接服毒，反而要讓丫鬟將毒下進吃食裡？第二，他事後為何要吩咐丫鬟把毒埋了？」

步惜塵答不出，他當然答不出，因為步惜晟根本就不想死，他深知將軍府滿門都是棄子，故而在臨死前做了諸多不合常理之事，為的就是揭露步惜塵的野心，保全老母妻兒。

暮青逼問道：「他既是自盡，為何會有種種他殺之相？」

步惜塵本不明白，聽聞此言，忽然一醒！

步惜晟！

你竟敢！

暮青道：「你解釋不了，那就說明你在說謊。」

步惜塵有口難言，只能強辯：「我大哥真是自盡！」

暮青冷笑。「你說是就是？證據呢？」

步惜塵怎麼也沒想到，從來都是有罪的死賴著不認，可到了他這兒，竟是想認罪，人家偏說他撒謊。

暮青問：「按世子之言，你大哥通敵賣國，謀劃了足有十幾年，那麼他的城府必定極深，可我剛將他請去都督府問話，他就去了酒樓，還酒後吐了真言。一個如此沒有防備之心的人，會有本事通敵賣國，深藏不露？」

林孟和鄭廣齊聞言互看一眼，皆認為此話有理。

暮青又問元廣：「敢問丞相大人，若是你謀劃的大事，因酒後吐真言而被人知曉，你是會惶然自盡呢？還是會殺人滅口呢？」

元廣臉色鐵青。

暮青看向步惜塵。「步惜晟尚武，武藝在盛京子弟是拔尖的，而你沉迷酒色，工夫都消磨在美人窩裡了，步惜晟殺你滅口易如反掌，為何會被你逼到自盡？」

步惜塵啞口無言，步惜晟是個孝子，要逼死他很容易，他娘出身卑賤，王妃既能讓她出府，就能讓她回府，所以步惜晟只能乖乖自盡。只是沒想到，他死前竟做了那麼多的手腳，陷他於進退兩難的境地。

暮青道：「你大義滅親，卻拿不出證據，如何讓人信服？」

審問至此，林孟和鄭廣齊已心中有數，步惜塵定非大義滅親之輩，他揭發自家人通敵賣國，存的是何心思並不難猜。
林孟搖了搖頭，此案若沒這活閻王插手，興許步惜塵的算計還真就成了。步惜塵機關算盡，卻被攪了局，怎能甘心？他冷笑道：「都督何不把祥記的掌櫃和小二喚來，當堂對質？」
祥記是刺月門的暗樁，把人找來對質，案子自然就能結了，暮青卻沒提，因為她想給步惜歡多些時間去布置，讓他少些損失。
可一拖再拖，步惜塵還是提起了此事，倘若猶豫，必露破綻，暮青只能看向盛京府尹鄭廣齊。
鄭廣齊道：「那掌櫃膽敢毒殺宗室子弟，必是窮凶極惡之徒。要去拿人，需先回府衙調集人手，再傳令五城巡捕司一起出城，方能確保將人一舉拿下。」
暮青嗯了一聲，先去府衙，再去五城巡捕司，真是浪費時間的好辦法。「那就有勞府尹大人。」
話音剛落，忽聽前頭一道聲音傳來：「不必了！」
暮青一愣，元廣面色一沉。
那聲音他們都聽得出——元修！
院前白燈稀疏，元修尚未走近，銀甲聲已傳來。月如銀盤，星子寥落，男子身披戰袍而來，披風獵獵，宛若夜火燒雲。

還朝兩個月，元修金殿受封，自戕還印，而今重披戰甲，走進這不見刀光卻處處殺機的深宅大院，好似走在黃風漫天朔漠茫茫的西北邊關。暮青立在煌煌的燈火裡，他走向她，那一瞬間好似上俞村那夜初見，血水黃泥糊了她的容顏，卻糊不住那清冷明澈的眸，那雙眼眸望著他，像極了今夜。

而今夜，她的目光只在他身上停留了片刻便望向了後頭。

那人一張親衛的冷峻眉眼，負手立在樹下，白燈籠在夜風裡晃著，那人眸底似含著一潭春水，波光盈盈。

青瓦冷寒，青階霜重，元修忽然便覺得心口縫過的地方疼得厲害，恍惚間又想起上俞村那夜。

她問：「大將軍從何處來？」

他問：「你是周二蛋？」

那夜，真好啊……

可是再美好，他也無法自欺欺人地忘記，她那時問他從何處而來，本意並非為他，而是為另一人。

那人名叫越慈。

越慈……

真的也好，假的也罷，都是他和他的人。

原來，他與她初見那時，他就已經輸了。

「人綁來了。」元修看了身後一眼，月光掠過臉龐，神態有些朦朧。兩個五花大綁的人被押進了花廳，眾人醒過神來，元廣斥道：「傷沒好，你亂跑什麼！」

元修進了花廳，向假皇帝行禮後才回道：「兒子閒來陪英睿查案，忽聽步惜晟死了，以為與通敵賣國之事有關，過來一查才知並非如此，因此便將人綁來了。」

元廣斥道：「拿人自有盛京府來辦，不在其位不謀其政，此乃越職，你可知？」

「人都綁來了，說這些何用？先審吧！」元修說罷站到一旁。

步惜晟若通敵賣國，誰都知道朝中會生出何事來，誰都知道元廣希望案子朝著哪個結果審。

可元修的態度也表明了立場，他要從龍。

林孟和鄭廣齊互望一眼，都覺得朝局要亂。

步惜塵和宋氏一驚，盛京府還沒動，元修就將人綁來了，說明在他們來之前，元修就去綁人了。

兩人覺出不妙，但為時已晚。

暮青喝問：「受縛者何人？」
小二以頭搶地，高呼道：「小的祥記酒肆的小二！」
掌櫃垂首答道：「小的是祥記酒肆的掌櫃。」
暮青將毒閻羅放到掌櫃的眼前，問道：「你可認得這是何物？」
掌櫃抬頭一看，眼神閃爍，搖頭否認。「不、不認得。」
明眼人一看就知是謊話。
步惜塵死死地盯著掌櫃，不妙之感越發強烈——那毒明明是他給步惜晟的，掌櫃的怎會認得？
「你不妨瞧瞧花廳裡坐著的都是何人。」暮青好心提醒。
掌櫃戰戰兢兢地抬頭四顧，越看神色越驚懼。
暮青道：「還不說實話！」
掌櫃急忙磕頭。「小的認得這瓶子，但……但裡頭裝著啥，小的不知……」
暮青大怒，拔了瓶塞就往掌櫃的鼻子底下塞，掌櫃忙躲，他被綁著，躲閃之際撲通一聲摔倒在地。
「躲什麼？這可是杏仁露，要嘗一口嗎？」暮青將瓶子一傾，毒眼看著要倒在掌櫃臉上。
掌櫃慌忙求饒：「都督饒命！小的鬼迷心竅，也不知為何就非松春不可了，才犯下這糊塗罪，小的也是追悔莫及啊！」
事已至此，案子算是清楚了。
「胡言！」步惜塵憤而起身，抬腳便踹，卻被元修的親兵一把按住。
宋氏掄手就摑。「放肆！你們敢……」
元修一把截住宋氏的手，毫不掩飾殺意。「哪兒來的毒婦，膽敢動本侯的兵！」
宋氏望著元修的眼，似能從其中看見殘陽如血、狼煙煞人，元修一鬆手，她便跌坐在地。
暮青指著步惜塵問小二：「你可認識此人？」
小二道：「認得，這是恆王世子。」
「他前日下午可去過酒樓？」
「前日？」小二想了想，搖頭。「沒有。」
「賤民！」步惜塵怒火攻心，罵道：「你定是被收買了！」
「定是妳做的好事！」宋氏怕元修，便對高氏怒言相向。
高氏一臉詫色。「王妃氣糊塗了吧？兒媳的夫君、您的庶長子被歹人下毒，那時是亥時，城門早關了，兒媳如何叫得開城門，再出城去收買人？」
宋氏語塞，步惜塵見翻案無望，只能將希望寄託於元廣。「相爺，本世子可是為了朝廷才逼死大哥的，您不可聽信婦人、賤民之言。」

步惜塵知道，真相根本無所謂，只看元廣想信誰。元家謀劃大業多年，定不會因元修而廢棄。

元廣看著步惜塵，眾人看著元廣，氣氛膠著。

突然，掌櫃身上綁著的麻繩猛地斷開，四周生風，燭火倏地滅了！

侍衛大驚，抽刀聲，護駕聲，花廳內外正亂著時，忽聽有人喝道：「都別動！」

宋氏叫：「我兒！」

只見掌櫃和小二已掙脫繩索，步惜塵落在了掌櫃手裡，喉前抵著把匕首。

掌櫃喝道：「都退開！」

假皇帝揚了揚眉，元修冷笑，御林衛和親兵們皆寸步不讓。

掌櫃拿刀往步惜塵的喉前逼了逼。「我數三聲，不退就殺人，大不了同歸於盡。」

「咱們兩條命，他只一條命，不划算。」小二把玩著匕首，往步惜塵的臉上拍了拍。「不退就割人，數一下割一塊肉，先從臉開始。」

掌櫃淡淡地道：「你嫉妒人長得比你俊的毛病又犯了。」

小二惡狠狠地道：「長得俊的男人都是兔兒爺，該宰！」

掌櫃目不斜視。「我該提醒你說錯話了嗎？」

小二一驚，一刀劃在步惜塵臉上，怒道：「都是你害小爺說錯話！」

鮮血飆出，步惜塵眼底的殺意與懼意揉成一團，比血更腥紅。

宋氏大駭，撲到聖駕腳下哭道：「妾身有罪！是妾身的主意，望陛下開恩！」

假皇帝不言不語，目光涼薄無情。

掌櫃道：「一！」

小二歡愉地耍了個刀花，步惜塵的臉傷頓時深可見齒。

宋氏尖叫一聲，又撲到元廣腿邊哭求。

這祥記的掌櫃和小二狂性大發，與來時求饒之態形同兩人。元廣正審視著兩人，琢磨兩人的來路，宋氏哭得他心煩意亂。

「二！」聲落刀落，步惜塵臉上又添一刀。

元廣面沉如水，忽然道：「放人！」

侕差聞令退開，但上無恩旨，御林衛和西北軍仍然堵在廳外。

「命你的人退下！」元廣對元修道。

元修負手不動，父子兩人對望著，眼裡似有大浪在推扯。

「命你的人退下！」元廣怒道，他可以讓皇帝命御林衛退開，卻偏要命令兒子，就是想看看沒有皇命，他還把不把他這個爹放在眼裡。元修掃了眼廳外，似在審時度勢，就在掌櫃再次張口時，他忽然揚手一揮。

親衛隊收刀，假皇帝看了范通一眼，范通一揚拂塵，花廳外便讓出了一條路。

掌櫃挾持著步惜塵退到花廳門前，帶著人就躍到了院牆上。

「不許跟來，瞧見一人，小爺就割他一刀，直到世子被凌遲成一具人骨為止。」小二的笑聲在夜裡如同鬼魅森號，笑聲未落，他與掌櫃已躍下了牆頭。

人一走，元廣立即下令查封祥記，查察兩人的底細。

步惜塵折騰了半宿，一沒能把凶案攬到身上，二沒能拿出步惜晟通敵賣國的證據，如此無用，元廣自不會顧及他的死活。他將人放走，再命人搜捕，不過是想看兩人躲藏於何處，有無同黨罷了。

鄭廣齊道：「內城頗大，挨家挨戶的搜，一夜怕是搜不完，離天明還有兩個時辰，明早城門一開，兩個狂徒若混出城去，可就不好找了。敢問相爺，今夜先查何處？」

此話不無道理，元廣問暮青：「你說呢？」

暮青道：「商鋪。」

「哦？」

「即便朝中有人跟不明勢力勾結，也不會傻到放他們進府藏匿。唯有商鋪的可能性大，就算不是他們的堂口，闖進去也容易控制局面。」案子已經審明，搜城之事不歸暮青管，她說完便起身告辭，帶著親衛先走一步。

元廣看著暮青離去的背影，目光深如夜色，意味不明。

這時，假皇帝起身道：「朕乏了，擺駕內務總管府。」

元廣道：「今夜事多，城中不太平，陛下還是回宮的好。」

假皇帝笑吟吟地問：「那愛卿倒是說說，朕在何處可以太平安樂？」

元廣故作不懂，淡淡地道：「自然是宮裡。」

假皇帝笑著往廳外去，邊走邊道：「宣光祿寺卿李常府上的李美人到內務總管府侍寢。」

「遵旨。」范通報一聲擺駕，帝駕便出了將軍府。

元修道：「我也回去了。」

元廣道：「你回相府，爹有話要問你！」

「爹還是先搜城吧。」元修說罷，頭也不回地走了。

將軍府裡剩下一堆爛攤子，元廣斂去怒容，將鄭廣齊喚到跟前，吩咐：「商鋪要查，官邸亦不能放過，執本相手令，挨家挨戶的搜，尤其是江北水師都督府。」

一品仵作 伍

MY FIRST CLASS CORONER

作　　者／鳳今
發 行 人／黃鎮隆
總 經 理／陳君平
經　　理／洪琇菁
總 編 輯／呂尚燁
執行編輯／陳昭燕
美術監製／沙雲佩
美術編輯／方品舒
國際版權／黃令歡、梁名儀
企劃宣傳／邱小祐、劉宜蓉、洪國瑋
文字校對／施亞蒨
內文排版／謝青秀

國家圖書館出版品預行編目資料

一品仵作（伍）/ 鳳今作. -- 初版. -- 臺北市：
尖端, 2021. 06-
冊；　公分
ISBN 978-626-301-005-5（第 5 冊：平裝）

857.7　　110004650

出版／城邦文化事業股份有限公司　尖端出版
台北市 104 中山區民生東路二段 141 號 10 樓
電話：（02）2500-7600　傳真：（02）2500-2683
讀者服務信箱：7novels@mail2.spp.com.tw
發行／英屬蓋曼群島商家庭傳媒股份有限公司城邦分公司　尖端出版
台北市 104 中山區民生東路二段 141 號 10 樓
電話：（02）2500-7600　傳真：（02）2500-1979
劃撥專線：（03）312-4212
戶名：英屬蓋曼群島商家庭傳媒（股）公司城邦分公司
劃撥帳號：50003021
※ 劃撥金額未滿 500 元，請加付掛號郵資 50 元
法律顧問／王子文律師　元禾法律事務所　台北市羅斯福路三段三十七號十五樓

台灣地區總經銷／中彰投以北（含宜花東）　楨彥有限公司
電話：（02）8919-3369　　傳真：（02）8914-5524
雲嘉以南　威信圖書有限公司
（嘉義公司）電話：0800-028-028　　傳真：（05）233-3863
（高雄公司）電話：0800-028-028　　傳真：（07）373-0087
馬新地區總經銷／城邦（馬新）出版集團 Cite（M）Sdn Bhd
電話：603-9057-8822　　傳真：603-9057-6622
E-mail：cite@cite.com.my
香港地區總經銷／城邦（香港）出版集團 Cite（H.K.）Publishing Group Limited
電話：852-2508-6231　　傳真：852-2578-9337
E-mail：hkcite@biznetvigator.com

版　次／2021 年 6 月 1 版 1 刷　Printed in Taiwan